U0585044

不忘初心
方得始终

好读 主编

作家出版社

不忘初衷，方知取舍。

唯有不将就的人，才配得上更美好的生活。

自由不拘地支配自己的人生，并懂得爱与付出，

这大约是我们所有人一生必修的功课。

不忘初见，美好始现。

有些事情，一辈子坚持一次，就足够了。

真正的幸福往往属于那些有耐心的人，有耐心隐藏，

有耐心等待，有耐心一个人看烟花盛开再泯灭。

守其初心，始终不变。

每个人都可以追求梦想，即便遥不可及。

如果有一天我们湮没在人潮之中，

那是因为我们没有努力让自己活得丰盛。

不忘初心，方得始终。

如果只是等待，发生的事情只会是你变老了。

体会到世道的艰难，人情的冷暖，却宁愿坚信，

如果不知道如何活着，就没有资格抱怨生命。

不叹流年，一念安然。

如果不在意那么多，生活就会简单很多。

向美好的旧日时光道歉，因为我的不慎重，将你们失手打碎。

从此我的心，变成无底的杯子。

不违初意，明镜不疲。

不要埋怨世间的诱惑太多，只怪我们不懂拒绝。

永远以肯定的态度面对生活，即使遭遇失败，

也会终成为值得回忆的过去。

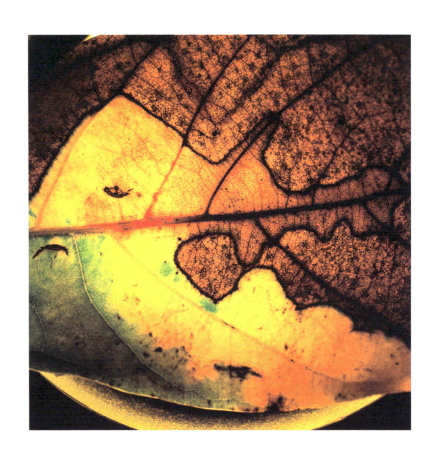

不问过去，不惧将来。

不问过去成败，不惧将来未知，只管努力现在。

———

在这纷繁芜杂的世界里，不跟他人比较，坚持做自己，你才能眉眼安然，内心从容，拥有快乐的人生。

目 录
CONTENTS

序

ONE
你想得到，
为什么总在失去　　001

我依旧相信真诚，相信我的奋斗可以成就我的梦想。我不愿向这个薄情的世界缴械投降。我知道，世界凶顽，但也可以变得温柔和美好，只要我变得更加坚定和美好。

TWO

走过弯路，
才会确定当初最想要的是什么　　053

我们往往在最好的年纪，经历了一次又一次错过，这或是一次次偶然，也或是一场场必然，因为有些得到注定以失去为代价。很多时候，走过弯路，才会确定当初最想要的是什么。

THREE

即使生得平凡，
也要努力活得丰盛　　101

有些人即使相处一辈子，也终是陌路人；有些人即使擦肩而过，也
会铭记终生。该离开的，总是留不住。你唯一能做的，就是努力活
得丰盛，让曾经在一起的荡气回肠，成为平凡生活中永恒的美好。

— — — — — — — — — — — — — — — — — —

FOUR

让我们在安静中，
不慌不忙地坚强 155

我希望做一种不急不缓的决定，过一份不浮不躁的日子，在安静中，不慌不忙地坚强。生活就像抓在手里的沙子，抓得太紧，反而失去得太快。我可以慢慢等待，牢牢抓住，不卑不亢。

— — — — — — — — — — — — — — — — — — — —

FIVE

被嘲笑过的梦想，
总有一天会让你闪闪发光　　201

我唯一锲而不舍，愿意以自己的生命去努力的，是到达心灵最深处和梦一样的远方。既然选择了远方，就只有奋力向前，即使遍体鳞伤，那些受过的伤只会让我们更坚强。

序

守得住初心的人，才能看得到未来

作为热衷编织梦想的梦想家和肆意追逐美好的生活家，我们总是热切地想要做出点什么事，达到某个既定的目标，或者说想要赚到某些必需品——这也是我们年轻人体现存在感、提高获得感的正常表现。但有时候我们会发现，我们时刻准备着，却总错过一次次似乎近在眼前的机会。为什么自己梦想中的绚丽突围迟迟没有出现？难道是努力得不够？难道是梦想太不现实？事实上，我们足够努力，但大多数情况下，在追逐梦想的路上迷失了初心，越努力越跑偏，以致荒芜了岁月，虚掷了人生。

于是有人问：到底什么是"不忘初心，方得始终"？什么是"初心"？"初心"可以做什么？

莫高窟壁画中有这样一个佛经本生故事：

一只鸽子被老鹰追逐，仓皇之中逃到了尸毗王这里，请求王的保护。紧接着，老鹰飞来了，向尸毗王索要鸽子。

尸毗王请求老鹰放了鸽子。老鹰说：我饿得不行了，放过鸽子，我也会饿死的，同样是命，难道鸽子就该活，我就该死吗？尸毗王说：我给你别的食物吃，可以吗？老鹰说：可以，但我只能吃新鲜的血肉。尸毗王想：我如果去杀害别的生灵，那岂不违背了我救鸽子的初衷？这样吧，我从自己身上割下一块相当于鸽子重量的肉给老鹰吃，不就解决这个问题了吗？

于是，尸毗王找了一杆秤，把鸽子放在一头，然后从身上割下一块同样大小的肉放在另一头。奇怪的是，直到尸毗王把腿上和胳膊的肉全割下了，也够不上鸽子的分量。为了救鸽子，最后，他将整个身体投向秤上……

最后，天神感动了，现身让尸毗王还复了肉身。

这个古老的故事表达了这样的思想：大千世界中，我们能把握的只有自己的内心，尽管我们可以按照自身逻辑的统一性去做事，但外界的变化却是自己所不能掌握的（就如那杆诡异的秤和不合情理的鸽子重量）。在这个过程中，重要的是，不要让自己的"初心"被外界的变化影响而偏离初衷。只有怀着这份"初心"，我们才能坦然地面对复杂世界发生的各种可能性，甚至超越生死。

当今世界"刷新"得太快，快到睡了一觉就跟不上时尚的潮流，两天不刷朋友圈就无法谈论流行的话题。在这喧嚣间，最难的，莫过于在热闹之时保持冷静，在变化之中按兵不动，在诱惑面前不失初心。

按兵不动不是停滞不前，保持冷静不是沉默顽固，而不失初心，才能够对一件事葆有激情，才能不忘记最初的感动，不偏离既定的目标。

不忘初衷，我们才能执着于梦想，抵御人生的风雨。

不忘初见，我们才能学会沟通、理解和包容，珍惜当下的美好，在薄情的世界中体会到温暖。

懂得取舍，我们才能排除诱惑，确定自己最想要的是什么。

守住初心，便可以过简约而不简单的生活，进而在尘世中找到心灵的归宿。

不忘初心，方得始终，说的就是只有保持一颗时时放空的初心，才会拒绝惯性的思考，把任何美好的东西当作人生之初见来珍惜，从而让生命变得更充实、更丰盈。不念过往，不惧未来，不慕名利，不迷虚荣，在任何时候都相信，柳暗花明的喜乐和必然的抵达，只在于我们自己的坚持。

也许长路崎岖，你风雨兼程，没有片刻喘息的时间；也许眼前繁华，美杜莎的致命诱惑让你逐渐迷失在都市丛林深处，直到瞥见自己那条黯淡的影子，仓皇如狗，才发现自己已经远离了美好，辜负了初心，变得痴肥或贪婪、浮躁或虚伪……

我们不能改变这个世界，但我们有权利在这物欲横流的世界中，坚守自己的美好，保持自己那颗纯良的初心，葆有自己的梦想，过自己喜欢的日子。

本书是深受读者喜爱的二十年散文精选，各章分别针对当下年轻人最关心的目标、爱情、挫折、心态和梦想，用一个个用时间沉淀下来的原创故事，展示生活的波澜起伏，思考平凡背后隐藏的哲理。愿这些思索如荒漠之水，让我们畅饮，给我们清凉，然后在迷途中找回对这个世界最初的感动，拥有能够使我们的生活更美好的坚韧力量。

不忘初心，方得始终。

FAITHFUL TO YOUR HEART, FRUITFUL TO YOUR RESULT.

chapter1

ONE
你想得到，
为什么总在失去

- -

我依旧相信真诚，相信我的奋斗可以成就我的梦
想。我不愿向这个薄情的世界缴械投降。我知道，
世界凶顽，但也可以变得温柔和美好，只要我变得
更加坚定和美好。

谁惊扰了那段最美的时光

我以为爱情可以填满人生的遗憾。

然而，制造更多遗憾的，却偏偏是爱情。

——张爱玲

想起一段在时光里，发了霉的爱情。

多年以前，我刚读大学的时候，一个叫凉的舍友，她有个彼此都爱得很深的男友，在家乡的小镇，因为没有考上大学，只能在家做被人鄙夷的待业青年。但这段青梅竹马的恋情并没有因为学历和距离而有了隔阂，反而因此像那醇香的酒，在时间的窖里，愈加地浓郁了。

我记得那时的凉几乎每个周末，都会坐三个多小时的巴士回去看望男友。有时她的男友也会过来，两个人像校园里那些幸福的学生情侣一样，十指相扣，耳鬓厮磨，几乎所有能够留下浪漫足迹的地方，都会有他们抵达的身影。

　　我们这些爱情刚刚启蒙的女孩，一度对他们的这份甜蜜有微微的嫉妒。晚上的卧谈会，内容几乎都是关于他们，但凉那时只醉心于爱情的惆怅与温柔，对于我们叽叽喳喳不成熟的探讨和问询，不过是淡定一笑，而后一个转身，背对着浅蓝的帘布，柔情蜜意地去回味日间的娇羞。

　　半年后的一个周末，清晨，我正睡意蒙眬，突然听见门外有人边急促地敲门，边放声地哭泣，匆匆地下床开门，凉便一下子扑到我的怀里。我小心翼翼地哄着她，凉，别哭，别哭，是不是男友惹你生气了？下次他再来，我们姐妹八个一起敲诈他一顿解解气。凉在我的肩头哭泣了许久，才咬着下唇，艰难地吐出几个字：他，要订婚了！

　　这个消息无异于一颗炸弹，不仅在凉的心底炸开了一个巨大的缺口，任那些绝望的眼泪狂泻而出，连我们这些不相干的路人，也几乎席卷了进去。

　　几乎是每天，凉都疯狂地打电话给男友的父母，请求他们放过这段爱情。起初，凉的父母还客气地劝她，他们已经不是同一级楼梯上的人，她应该继续往上攀爬，而不必顾虑他们或许一辈子都不会走出小镇的儿子；后来，他们便失了耐心，听见是她，即刻不耐烦地挂断。

　　就在凉几乎承受不住的时候，她的男友在定亲的前一天，偷跑出小镇，来学校找她。犹如一个落入深渊的人，突然抓住了一根救命的藤蔓，即便是手被万剑穿过，也不会再松开一秒。

凉的最终决定，吓住了我们所有人。为了能够和男友在同一级"楼梯"上，凉决定退学，不再读书。她的男友也曾有过一丝的犹豫，是否要让凉做出如此大的牺牲，而凉，则只轻轻说了一句话：你能为了我放弃整个家族的颜面，我也能够为了你，放弃那些与爱情相比其实不过是过眼烟云的荣耀。

凉就这样毅然地办理了退学手续，连跟我们告别都来不及，就与男友奔赴了西安去"蜜月旅行"。尽管对凉的决定震惊，但我们还是有微微的向往和嫉妒，就像看好莱坞的老电影《邦妮与克莱德》，知道他们的每一步，于我们都是禁忌，但在黑暗里仰头呆呆看着银幕，还是对那样惊心动魄的一对爱人，充满了浓浓的迷恋与倾羡。

之后我们便极少得到凉的消息。这个富有传奇色彩的爱情故事，到这里应该是最好的一个结束。偶尔想起凉，想起她纯真又火热的眸子，想起秋天的夜晚，虫鸣渐渐凉下去，我们坐在高高的天台上，聊起愿意为之一生奔跑不息的爱情。

那样的岁月，我相信凉也一直会记得，就像曾与她共享过爱情秘密的另外七个女孩，一直将她的这段爱当成纯真爱情的样板，深藏在心灵的深处，并借此劝慰自己偶尔在物欲中迷失的灵魂。

后来有一天，我在网上无意中碰到了凉。问及她的近况，她说两家人皆已经同意，他们终于如愿以偿地结了婚。我紧跟着追问一句：那么，结婚之后呢，有没有什么打算？那边的凉沉默了许久，才说，暂时做一些小生意吧，没有大学的一纸证书，我们终究还是觉得走得艰难。就像当初没有那一纸结婚证书，我们在外面四处游逛，心，并不是安的。

我不知道该如何与凉继续聊下去，是给她安慰，还是同情？人生是他们的，我们这些外人再如何参与，终归还是如一滴油，浮在其上，永远无法浸入那深不可测的水底。

但我还是怀着一种探知秘密的好奇，点开了凉的 QQ 空间。而后，我便看到了那篇只有一句话的日志：究竟是谁，惊扰了我大学最美的那段时光？

而我，终于从这句话里明白，爱情，它在人生里，疾驰得愈是激烈，停下的时候，惯性就愈会将我们的记忆，长长地拉回到那已经不再可能的美好时光。

可是，我们常常明白得那样晚。

文/尚好

不忘初心，方得始终。

Faithful to your heart, fruitful to your result.

爱情，它在人生里，疾驰得愈是激烈，停下的时候，

惯性就愈会将我们的记忆，

长长地拉回到那已经不再可能的美好时光。

和自己的心灵对话

> 曾经我认为：孤独就是自己与自己对话；
>
> 现在我认为：孤独就是自己都忘了与自己对话。
>
> ——刘同

那时他刚刚参加工作，场领导决定让他和其余五个年轻人去森林深处做护林员。他愉快地背着行李进驻莽莽原始森林的深处。

那是怎样原始而远离尘世的森林啊，每一棵树都生长了几百年，林间的落叶堆积得厚厚的，弥漫着一缕缕远古的腐殖质腥臭，许多粗大的树干上都生满了斑斑驳驳的青苔。草鹿和狼等动物还没有见识过人，它们对他一点儿也不害怕，只是好奇地远远望着他。

他们每一个人看护的林地有方圆三十多公里那么大，林区没有一户人家，也没有一条路，到这里生活，像突然被抛弃到世界尽头，同那些参天的一棵棵古树一样，自己从现代社会里被剥离出来，一下子成了原始人。

　　临走之前，熟悉的人对他说，到原始森林里去生活，最重要的是要时常记住自己和自己说话，要不，三年五年过去，一个人就连话也不会说了。他听了，心里很好笑，一个说了二十多年话的人，怎么会突然不会说话了呢？

　　但刚到这原始森林里生活了半个月，他就明白了，人们告诫他的话并不是耸人听闻，因为这里远离尘世，没有人和他说话，来了半个月，除了自己面对莽莽林野吼过几首歌，连半句话也没有说过。如果这样下去，总有一天，自己肯定会变成一个哑巴的。他害怕了，于是他开始尝试着同自己说话。

　　他对着自己的影子说"你好"，他对着大树滔滔不绝地说话，对着林间啁啾的小鸟说话，对着林地里的小草和野花说话，对着汩汩流淌的小溪说话。夜里，躺在窝棚里，他一个人对着自己的心灵说话。

　　开始的时候，任他怎么说，自己的心灵只是那么默默地倾听，一句话也不说，一点儿反应都没有。过了一段时间，他发觉心灵会同自己对话了，就像一个耐心的朋友，有时他说话，他的心灵在倾听，有时他的心灵在说话，他的耳朵在倾听。

　　两年多后，他和其他四个护林员回到林场里，他惊讶地发现，除了自己，他们四个人已经不会说话了。别人同他们说话，他们只是沉默地瞪着眼睛听，然后不声不响地转身走了，成了并不残疾的哑巴。

但他却不同，他不仅话语流畅，而且每句话都清新而充满哲思，后来他用笔把自己的话记录下来，成为字字珠玑的灵性散文，频频发表在报纸杂志上，他成了一位小有名气的作家。

人们很奇怪，为什么同在大森林形影相吊的孤独生活，那些人成了哑巴，而他却成了一位充满哲思的作家。人们问他为什么，他笑笑说："因为我常常和自己的心灵对话，而他们却没有。"

是啊，哪一位伟人不是常常和自己的心灵对话呢？只有和自己的心灵对话，你才能够听到上帝的声音；只有和自己的心灵对话，你才能够听到生命和灵魂的声音；只有和自己的心灵对话，你才能够常常自省，才能听见自己渐渐走近成功的声音。

文/李雪峰

最疼痛的时候，让疼痛拐一个弯

人生如路，

须在荒凉中走出繁华的风景来。

——七堇年

儿时，母亲因为子女众多，疾病、劳累、贫困和对生活的抱怨，常让她无端烦躁。记得她常常用粗粗的荆条抽打我的双腿，我疼得大哭。

本想用哭声引起她的怜悯，进而得到她的安慰。可是母亲锁上门出去了，我一个人被关在屋内。不知过了多久，哭声停止了。因为我发现泪水是咸的。我津津有味地用舌头舔着泪水，忘记了疼痛，忘记了本来是要哭下去的……

几十年后的今天，我在午后的阳光中阅读。读到的，却是让心灵晦暗的文字。

1943 年，荷兰籍犹太少女埃尔加·德恩偷偷写下了一本日记，真实记录了自己及家人在纳粹集中营的悲惨经历以及内心的痛苦感受。这段"大屠杀时期的爱情"让我泫然泪下。我体会到了另一种疼痛，一切疼痛在它的面前变得微不足道。

这位当时被关押在纳粹集中营 348 号营房的花季少女，真实记录了布满虱子的集中营营房，自己与集中营看守的争执，以及内心无法排遣的郁闷和恐惧。她每天看到的是一批批难友从集中营转移到"灭绝营"，生存的梦想将在那里破灭。当死神一天天临近，巨大的阴影覆压过来，少女忽然想到了自己"最亲爱的"男友，想起了和平时期那段美丽的生活。生与死，是一个问题，更是一种考验和折磨。

用什么来战胜恐惧和悲伤？她选择了日记，她拿起笔，记录下当时的生活和心灵的幻想。她写道："每天我们都要从带刺的铁丝网向外张望，直到对自由生活望眼欲穿。"时光像攀越过绝壁悬崖的藤蔓，跳过眼前的现实，生命从它的侧面拓展出意义——追思和倾诉，并把这一切记录下来。

1943 年 7 月 16 日，少女德恩与她的哥哥和父母双亲在波兰索比堡灭绝营惨遭杀害。

1943 年 7 月 16 日——时光已老而又老，像远处苍凉的钟声。

　　我无法想象年轻而美丽的生命如何像花朵一样被狂风暴雨摧折，无法想象一个少女面对死亡的心情和姿态。或可安慰的是，在肉体"灭绝"之前她的心灵没有提前死亡。

　　最感疼痛的时候，她让疼痛拐了一个弯，心灵化成了蝴蝶，从泛黄的纸页羽化而出。让几十年后处在今天的我们，看到了生命在凄艳中的舞蹈，看到了幽暗中侧立的火焰，看见了一个人临渊的绝望和最终的超越。

　　这些朴素的文字，没有对生命的理性阐释。真实的经历，客观上，让她的每个字都显得深刻，让人战栗。

　　人类太多的智慧，是生存的智慧，教人在平庸的日子里打发闲暇或无聊；其实，死亡是更沉重和必修的一课。如何面对和学习死亡，没有人告诉你，你只能从这些文字中去寻找。

　　生命不是一个抽象的符号，也不是一个生僻的隐喻，而是肉体和意识都布满敏感神经的活生生的感知体。疼痛追随着生命，似乎与生俱来，无可避免。肉体和心灵对于疼痛的感知都有着承载的极限。

　　如果一切都是命中注定，肉体临近险象环生、万劫不复的绝地，灵魂只能在无可选择中选择，那就让灵魂升华而出，做一次转移。即便是最后一刻，船可以沉没，帆却不可以停止选择风向。

文/查一路

永远不要认为我们可以逃避

永远不要认为我们可以逃避，

我们的每一步都决定着最后的结局，

我们的脚步正在走向我们自己选定的终点。

——米兰·昆德拉

读大学的时候，人渐渐失去中学时的单纯，不再小心翼翼地凡事都遵守规则，亦不再崇尚权威，对于许多事情，常常抱有逃掉的侥幸心理。而且在这一路奔逃里，觉得刺激，似乎逃掉老师的呵斥，逃掉门卫的检查，是件物超所值的事情。尽管很多时候，我们不知道自己是那头小学课本里傻笨的黑熊，捡了芝麻，却丢了西瓜。

我记得曾经和朋友去苏州的园林里游玩，信奉逃票主义的我们当然不肯从前门进入，而是兜来转去，寻到一处可以翻越过去的残墙。两个人费力跳下去的时候，被故意设置的铁丝网绊住了，朋友划破了小腿，我的手臂也未能幸免于难，"光荣"地负了伤。

但这并不是最令人气结的，当我们从疼痛中醒转过来，观察周围的地形时才发现，面前还有一堵更高的墙需要翻越过去。而墙的高度与其上安插的"机关"，已经超越了我们所能解决的范围。

我们仰头看着顶上那一抹细长高远的蓝天，还有园林古老但不失气派的院墙，突然间就失去了那股子逃票走天下的气魄，想，还是臣服于皇家的森严戒备，原路返回，买票进入吧。

但就在我们重新爬上那堵破损的墙壁，准备探身跳下的时候，园林的警卫突然面无表情地走了过来，而且不偏不倚，在我们的下面仰起头来。也就在那一刻，我与朋友的心里充溢了深深的宿命感，回望过去，似乎从那逃票的初始，便已经注定了我们要历经这样的荒诞与难堪。

这样歪门邪道的逃窜，我又制造过许多次。我曾经在老师点名后，偷偷在课间逃走，去看一场华丽的舞台剧。当我在偶有灯光扫到的观众席上，边嗑瓜子边听台上的男女主人公深情表白的时候，我不知道"魔高一尺，道高一丈"，老师正用上课时间，以测验的形式来应对中途退场的狡猾学生。

而我这样自作聪明的人，当然是在学期末的时候被无情地判了不合格，不得不可怜兮兮地重新补考。到最后，差一点儿就丢掉了对我的四年大学具有决定性考评价值的学位证书。

我的一位同窗，是当时我们公认的"逃窜之王"。但凡有他在，我们便可以看到免费的电影、话剧或者演出。他总能巧妙地逃掉重重的检查，或者寻到那进入侧门的钥匙。而他最出名的，则是一次又一次的逃爱事件。

那时他人长相颇佳，不似后来胖得不可收拾，再加上有一些小聪明、小浪漫，所以颇得女孩子喜欢。据说给他写过情书的，不下十几个女孩，且一个个如花似玉，让男生们恨不能据为己有。

但这位仁兄却像淘气的孩子般，打一竿子新鲜甜枣，便撂下重新找寻新的，让那些刚刚进入爱情幻境的女孩，一下子从云端处跌落至冰冷水泥地上，心底的失落与忧伤，比之于疼痛，更加深入骨髓。

这位仁兄当然毫不介意，他在莺声燕语里流连而不忘返，并乐此不疲，觉得爱情可以时时更新，真是没有荒废大学时光。只是他忘记那杀毒软件能够升级，病毒同样日日更新。

他的逃爱功力年深日久，结了厚茧，刀枪刺入，都不见血，而那些被他厌倦甩掉的女子，也不是单纯到他一个眼神便可以一生回味的仙子。等到后来毕业之时，他历经重重磨难，成功应聘到一家名企，正待大展身手，但不幸在上班的第一天，在老板的办公室里发现了其中一个深爱过他，却被他无情逃掉的女孩。而这个女孩，则是老板最疼爱的宝贝女儿。

这一次，他当然是撞到了枪口上。而且那枪口锋利无比，他的逃爱武功再如何高强，终究还是被一下刺穿，连惨叫都没有来得及，便倒地而亡。

此位仁兄倒是善始善终，逃爱之时长了一双飞毛腿，离开老板办公室时，亦是用了逃的姿势。只不过是抱头逃窜，犹如一只仓皇过街的老鼠。

年轻的时候，这样的小伎俩充斥了我们被大把花不完的雾一样的时光重重萦绕着的生活。我们常常看不清那雾霭遮挡住的路途，以为有千万条小径可以通幽，却不知，东逃西窜竟是一次次误入那狭仄阴暗的死胡同。到最后，不得不后退到来时的路上，重新按部就班地寻那敞亮正途。

逃之夭夭原本就是丢盔弃甲，人生里一场最不合算的买卖。

文/蓉儿

不忘初心，方得始终。

Faithful to your heart, fruitful to your result.

成长的代价，从来都是免不掉的遍体鳞伤。

有一种友情，只适合留给记忆

在时间和现实的夹缝里，

青春和美丽一样，脆弱如风干的纸。

——辛夷坞

海蓝是我年少记忆里，最温情的那抹橘黄。

那时我们好到亲如姊妹。不过是 12 岁刚读初一的小女生，心内那些细小的秘密，却是如秋日的菊花，千丝万缕地一重重包裹着，将那瘦而敏感的枝颈，压弯了。不肯再讲给父母，只把它们隐匿在心内晦暗的角落。

幸亏有了海蓝，在那样孤单无助的青春岁月里，紧握着我的手，在风里默默前行。女孩子之间的好，犹如初恋，带着一丝丝甜蜜的忧伤。我们不仅分享从家里带来的糕点、糖果，彼此视若珍宝的手链、发夹，亦分享那些无法给师长们讲述的秘密。

常常是宿舍里熄了灯，海蓝在黑暗里轻唤我的名字，我在她的召唤里，如一条小蛇，悄无声息地潜入她温暖的被窝。两个人就这样挤在一张窄小的床上，在窗口温柔漫过的月光里，看着彼此明亮纯净的眸子，细细密密地说些白日里无法开口的琐碎心事。说到累了，便枕着交缠的头发，闭眼幸福地睡去。

甚至到后来我们暗恋上隔壁班同一个男孩，竟很奇怪地也没有丝毫的嫉妒。我们将彼此写下的日记交换来看，我们很多次在路上，羞涩地等着那个男生经过时，会看我们一眼；即便是那个男生从没有注意过我们，依然乐此不疲地在拐角处看他走近又走远。

那是一段懵懂的岁月，我们爱上一个骄傲的男生，他对我们一无所知，但我们却熟知他的一切。如果没有海蓝，我无法想象，这样绝望无助的爱恋将会如何啃啮着我的自尊。是海蓝的这份柔软的情谊，让这一切着了一层玫瑰色的亮丽的光泽。而那梦一样的青春，就在彼此的慰藉里，安然滑过。

18岁那年，我考入省城的大学，海蓝则不幸落榜，回到小城，做了一名普通的纺织工人。起初，我们还时常通信，后来她屡次外出打工，地址无法确定，联系便慢慢中断。直至最后，我们彻底失去了联系方式。这一断，就是十年。

这十年里，我恋爱，结婚，生子，在省城有了人人羡慕的房子车子，和安稳高薪的工作。我时常会给老公和孩子谈起海蓝，谈起那些相依相扶的年少时光。谈到最后，总会因为再无法联系上这个在生命里应已是枝繁叶茂的朋友，而黯然神伤。我曾想，如果上天让我们再次重逢，我将会用加倍的好，来弥补这十年友情的空缺。

这样的梦想，竟因为一个远房的亲戚得以实现。得到海蓝电话号码的那一刻，我的心如一只困了许久的大鸟，张开翼翅，便倏地飞入蓝天，还因为兴奋而挣落了几根羽毛。海蓝亦是欣喜若狂，在我略带霸道的邀请里，欣然答应即刻来访。

我请好了一个星期的假，翘首等待海蓝的到来。尽管知道海蓝早早地嫁了人，做起家庭主妇，如今因为丈夫也下岗，两个人日子颇为紧张，但还是没有想到，只大我半岁的她，在我优雅飘逸的衣裙映衬下，竟像是一个从乡下进城来的保姆。

我和海蓝显然都没有预料到时间带给我们的改变如此残酷，两个昔日原本好到了无隔阂的女孩，今日走在一起，竟觉出一丝尴尬。好在那旧日的情谊依然浓郁，我还是一下抱住海蓝，在她粗糙的发梢旁，对她哽咽说道：海蓝，我好想你。而海蓝，亦是在我名贵的衣裙面前，略略迟疑，便结实地将我回拥住。

那一个星期，我开车带着海蓝四处游逛。海蓝显然是第一次来省城，对那些我司空见惯的繁华或奢靡诧异万分，时不时地就让我想起《红楼梦》里那个初次进城的刘姥姥。但我还是以十二分的耐心，将海蓝问的那些可笑的问题一一解释给她听。

在一家档次颇高的饭店里，海蓝拿着菜单看了很长时间，才最终选择了一个与糖醋鲤鱼做法比较相似的菜。我看了即刻笑她：不要给我省钱啦，换一个贵点的菜好不好？海蓝的眼睛里闪过一丝感伤，但她却什么也没有说，就随手将另一个菜名写了上去。

后来吃完的时候，我才猛然想起，鲤鱼原是年少时海蓝最喜欢吃的，而我却那么粗暴地，就将她的这点爱好给自以为是地断掉了。

临走的时候，我将给海蓝买的衣服和化妆品塞满了她的旅行包。海蓝几次想要拿出来，但都被我制止住了。我希望这样的热情能够让海蓝体会到我们之间的那份情谊，在漫长的十年里依然完好无缺；至于时间带给我们的差距，当是可以漠视掉的吧！

海蓝走后，我在枕头底下发现了她留下的 1000 元钱，和一张短短的字条，上面写着：谢谢你的热情，我会一直记得。我的心在那一刻，突然像是被什么东西给粗暴地拉开了，一直拉到与海蓝再也无法彼此相视的距离。

此后的海蓝，再也没有与我联系过。我一度在她的冷漠里，难过、迷惑。很长时间之后，我再一次看海蓝留下的那张字条，才忽然明白，我的热情曾经怎样深地伤害了海蓝。那段情谊，在我们巨大的差异里，原本只能留在原地，安静地生长；一旦我们人为地将它拔起，移植到如今的热情里，它或许很快地就会枯竭而死。

能像海蓝一样"一直记得"，或许是这份友情最美好的存在方式。

文/水滴

没经历残酷，便没有勇气

命运给你一个比别人低的起点，是想告诉你，

让你用你的一生去奋斗出一个绝地反击的故事，

这个故事关于独立，关于梦想，关于勇气，关于坚忍。

——刘媛媛

弟弟到北京读大学的时候，与我当年来京是同样的年龄。在父母的眼里，17岁只不过是个孩子，而且又是没出过县城连火车也没有见过的农村少年。母亲便打电话给我，说："要不你回来接他走吧，实在是不放心，这么大的北京，走丢了怎么办？"

我想起这么多年来自己一个人走过的路，便很坚决地拒绝了。我说："有什么不放心的？一个男孩子，连路都不会走，考上大学有什么用？！"

弟弟对我的无情很是不悦，但父母目不识丁，也只能依靠自己。

我能想象出他从小县城赶到市里去坐火车，而后在陌生的火车站连票都不会买的种种艰难，但我只淡淡告诉他一句"鼻子下有嘴"，便挂掉了电话。

那是晚上12点的火车，怕天黑有人抢包，母亲提前五个小时便把他撵去了车站。他一个人提着大包小包，在火车站候车室里坐到外面的灯火都暗了，终于还是忍不住给我打了电话。我听着那边的弟弟几乎是以哭诉的语气提起周围几个老绕着他打转的小混混，便劈头问道："车站民警是干什么的？这么晚了还来打扰我睡觉，明天车站见吧！"

弟弟也高声丢给我一句："车站也不用你接，用不着求你！"

我说："好，正巧我也有事，那我们大学见。"

我举着电话，听见那边嘈杂的声音里夹杂着弟弟低声的哭泣，有一刹那的心疼，但还是忍住了，轻轻将电话挂掉。

弟弟是个不善言语又略带些羞涩的男孩，普通话又说得那么的蹩脚，瞥一下眉眼，便知道是刚从乡村里走出的少年。亦应该像我当初那样，不知道使用敬词，问路都被人烦吧？他一个人在火车上，不知道车上有厕所，连水都不敢喝；又是个舍不得花钱的孩子，八个小时的车程，他只啃了两袋方便面；下车后不知道怎么走，被人流裹挟着，竟是连出站口都找不到；千辛万苦出站后，又要挤公交；没听到站名，坐过了站，只得返回去……等到在大学门口看见我笑脸迎上来，他的泪一下子流出来。

看着这个瘦弱青涩的少年，嘴唇干裂，头发蓬松，满脸的汗水，额头上不知在哪儿划破的一道轻微的伤痕，我终于放下心来，抬手给他温暖的一掌，说："祝贺你，终于可以一个人闯到北京来。"

临走的时候，我只给他留了两个月的生活费。我看他站在一大堆衣着光鲜的学生群里，因为素朴而显得那么的落寞和孤单，多么像刚入大学时的我，因为卑微，进而自卑。我笑笑，说，北京是残酷的，也是宽容的，只要你用心且努力，你也会像姐姐一样，自己养活自己。

我知道年少的弟弟对于这句话不会有太多的理解，他只是难过，为什么那么爱他的姐姐，在北京待了几年，便变得如此不近人情？他之所以千里迢迢地考到北京来，原本是希望像父母设想的那样，从我这里获取物质和精神的多方支持，却没想到，连生活费做姐姐的都要他自己来挣。

一个月后，弟弟打过电话来，求我给他找份兼职。我说，你的同学也都有姐姐可以找吗？他是个敏感的男孩，没再说什么，便啪地挂断了。不一会儿，母亲的长途便打过来。她几乎是在愤怒地喊："你不给他钱也就算了，连份工作也不帮着找，他一个人在北京，又那么小，不依靠你还能依靠谁？！"

我不知道怎么给母亲解释，才能让她相信，我所吃过的苦，他也应该能吃，因为我们都是乡村里走出的孩子，如果不自己闯出一条路来，贫困只会把所有的希望都熄灭，还会留下无穷的恐惧给飘荡在城市里的我们。碰壁，总会是有的，但也恰恰因为碰壁，才让我们粗笨的外壳迅速地脱落，长出更坚硬的翼翅。

我最终还是答应母亲给弟弟一定的帮助，但也只是写了封信，告诉他所有可以收集到兼职信息的方法。这些我用了四年的时间积累起来的无价的"财富"，终于让弟弟在一个星期后，找到了一份在杂志社做校对的兼职。工作不怎么轻松，钱也算不上多，但总可以维持他的生活。

我在他领了第一份工资后，去赖他饭吃。他仔细地将要用的钱算好，剩下的只够在学校食堂里吃顿小炒。但我还是很高兴，不住地夸他，他低头不言语吃了很长时间，才像吐粒沙子似的恨恨吐出一句："同学都可怜我，这么辛苦地自己养活自己——别人都上网聊天，我还得熬夜看稿子，连给同学写封信的时间都没有；钱又这么少，连你工资的零头都不到。"

我笑道："可怜算什么，我还曾经被人耻笑——因为丢掉50元钱，我在宿舍里哭了一天，没有人知道那是我一个月的饭费，而我又自卑，不愿向人借。我在学校食堂里给人帮忙，没有工资，但总算有饭吃。在现实面前，如果不厚起脸皮，你是连走路的力气都没有的。"

那之后的日子，弟弟很少再打电话来，我知道他开始心疼钱，亦知道他依然在生我的气，因为有一次我打过电话去，他不在，我说那等他回来告诉他，他在大学做老师的姐姐打过电话问他好。

他的舍友很惊讶地说："他怎么从来没有给我们说过有个在北京工作的姐姐呢？"我没有给他们解释，我知道弟弟依然无法理解我的无情，且以这样的方式将自己原本可以引以为傲的姐姐淡忘掉。就像我当初在舍友们谈自己父母多么的大方时，会保持沉默且怨恨自己的出身一样。

嘲弄和讽刺，自信与骄傲，都是要历经的，我愿意让它们一点点地在弟弟面前走过，这样他被贫穷折磨着的心，才会愈加地坚韧且顽强。

学期末的时候，我们再见面，是弟弟约的我，在一家算得上有档次的咖啡馆里，他很从容地请我"随便点"。我看着面前这个衣着素朴却自信满满的男孩，他的嘴角很持久地上扬着，言语亦是淡定沉稳，眉宇里竟是有了点儿男人的味道。

他终于不再是那个说话吞吐遇事慌乱的小男生，他在这短短的半年里，卖过杂志，做过校对，当过家教，刷过盘子。而今，他又拿起了笔，记录青春里的欢笑与泪水，并因此得到更高的报酬和荣光。他的成熟，比初到北京的我整整提前了一年。

我们在开始飘起雪花的北京，慢慢欣赏着这个美丽的城市。

我们在它的地盘，为了有一口饭吃，曾经一次次地碰壁，一次次地被人嘲笑，可它还是温柔地将我们接纳，不仅给我们的胃以足够的米饭，而且给我们的心那么切实的慰藉和鼓励。

没有残酷，便没有勇气，这是生活教会我的。而我，只是顺手转交给了刚刚成人的弟弟。

文/无痕

谁是谁身上难堪的印痕

所谓父母，

就是那不断对着背影既欣喜又悲伤，

想追回拥抱又不敢声张的人。

——龙应台

他的父母都是农民，不识字，也无法带给他任何的荣耀。他年少的时候因为成绩出色，被保送至市里读最好的中学，他就是在那时开始借外人的视线，学会审视自己卑微的出身和父母粗鄙的言行，无意中给他带来重重的烦恼。

犹记得读高一那年，他与一群人正在走廊里说笑，母亲突然走过来。他先自看见了，却并没有立刻迎上去，而是在母亲的东张西望里，尴尬地低下头去，正试图在人群的掩护下逃开的时候，却被母亲兴奋地一把抓住了。

他就这样在众目睽睽之下，任由母亲紧紧地拽着胳膊，说着琐碎的家长里短。原本那亲密无间的一群人，此刻陡然就与他有了距离；母亲起了毛球的线衣，土得掉渣的方言，一声又一声唤起他一直羞于对人提起的乳名，手里提的大袋的手工煎饼，无一不让周围的人觉得好奇且热闹。

像是一场精彩的戏剧，台下的人笑成一团；而台上饰演小丑的他，却在拼命地挣扎里忽地生出一种几乎将自己吞噬掉的无助与悲哀。他并没有记清母亲说过的话，也忘了母亲是求人才搭了顺路车来专门看望他，且将一肚子的话絮絮叨叨倾诉给他；他只是清晰地记住了那些外人的"关注"，和走廊里疏离的歌声与打闹。

此后他便再也不让父母去学校看他，他宁肯浪费宝贵的时间自己跑50多里回家去取不小心丢在家里的课本，也不会让父母送来，连带地将自己晦暗粗糙的一切重复展览给人看。他只是发奋地学习，将那些外人的嘲讽与不屑全都踏在脚下。

一同踩下去的，当然还有原本让他感到温暖的父母的关爱。

这样卧薪尝胆似的努力，终于让他考入了理想的大学。去读大学的那天，父亲执意要去送他，可是在临上火车的时候，看着父亲挤在一群家长里，那么笨拙地帮他搬着行李，又因为有人无意中踩了他的脚而差点儿在车上争吵起来，终于一狠心让父亲回家去，一切他自会处理。

父亲第一次跟他急了，说这么小，又没有出过远门，一个人怎么行？他也在周围的吵嚷里发了脾气，说，你不是也一样吗，没有去过北京，况且你连字都不认识，除了给我带来麻烦，还能有什么？！他说完这句话，便觉得心里空了，那些淤积了许多年的泥淖与杂草，倏忽之间，便全都被除掉了。

50岁的父亲，在一个又一个人的推搡里，呆愣了许久，后来是火车快要开了，才装作什么都没有发生过一样，笑着帮他把行李放好，又去给他接了一杯热水，这才转身走了出去。他在慢慢启动的火车里，看见父亲在送行的人里拼命地跑着，似乎要跟着这火车一同跑到北京去，但还是被飞快的火车无情地丢在站台上，再也看不见了。

他在大学里依然很少回家，电话是从来不在宿舍里打的，即便是在电话亭，也要等到最后人都走光了，才匆忙地插进卡去，与父母说几句闲话。大部分的时间，他都泡在自习室里。家庭的贫寒，让他始终没有勇气与人自如从容地交际。而爱情，更是如此。他是在被学校保送了本校的研究生后，才开始与暗恋了他两年的媛交往的。

媛低他两级，是学校一个教授的女儿，但并没有因此像那些娇生惯养的城市女孩一样骄横霸道。他应该主动追求媛的，只是没有媛优越的家境，阻碍了自己的信心。媛也是个矜持的女孩，等了他两年，见他依然无动于衷，这才着了急，一次次地跑来找他。

媛的父母始终是不喜欢他的，尽管见面的时候也会与他说话，但言语里明显地带了高傲与骄矜。幸亏媛是善良的，知道他的学费都是贷款，知道他生活费全要靠自己打工挣取，知道他的父母无法给他的前程带来任何的帮助，但依然执着地爱他。

是媛的坚持最终给他们的爱情带来了春天。媛的父母为了宝贝女儿，动用关系将他留在大学，并在他毕业半年后，决定为他与媛举办盛大的婚礼。

他没有告诉媛，在他们家乡，喜宴是一定要在男方家举办的，否则必将招来亲戚朋友的嘲笑，认为父母没有能耐，连自己的儿子都留不住。

他的父母也曾一次次无比憧憬地谈起他的喜宴。但他还是隐瞒了这个秘密，他知道对于媛的父母，喜宴是他们一种变相的交际手段，他们骨子里的骄傲是绝对不允许他们女儿的婚礼在破败的山村里举行的。

他的父母不知何时学会了沉默，对于这次婚宴，他们没有说好，也没有说不好，只是托人捎话给他，说一定会坐火车赶去参加他的婚礼。但他还是不放心，甚至睡觉时都梦见父母在喜宴上每说一句话，都招来外人的哄笑。他为此曾小心翼翼地打电话给父母，暗示他们到时一定记得不要随便说话，以免惹得岳父、岳母生气。

喜宴终于来了。他在父母迈进豪华宾馆的时候，便红了脸。尽管穿了簇新的衣服，但他们的神态与举止却与周围的一切如此的不和谐。他只将父母安排到饭桌前坐下，便随了岳父岳母去接待那些身份显赫的客人。忙碌的间隙，他偶尔瞥见父母，在角落里孤单地坐着，像是两个他极力想要摆脱掉，却还是躲闪不及的乡下亲戚。

这是他们儿子的婚礼，却与他们没有丝毫的关系。甚至在最终开席时，涨红了脸的父亲始终结结巴巴地说不出一句上得了台面的话，幸好一旁的导师代表父母做了发言。他依了繁缛的礼节，一桌桌地敬酒，但那心却在周围人意味深长的注视里，碎掉了。

他在父母走后许久，还无法洗掉烙在身上的难堪的印痕。半年后，他回老家，去小姨家闲坐，聊起他的那场喜宴。小姨突然说，知道吗，你的婚礼给你父母留下了那么深的疤痕，他们从来都不愿在人前提起你这个留在大城市且富贵起来的儿子。你不愿意他们去看望你，不愿意他们给你打电话，不愿意他们在你的岳父岳母面前露面，甚至是说话……可是，你不知道，他们也同样不愿意让人知道他们曾有过这样一个忘记了自己根基的儿子……

　　他一直以为，父母是自己笔挺的西装上难堪的一片菜汁，却是没有想到，原来自己也是父母身上一团尴尬的饭渣。

文/方菲

不比较，才快乐

人生的缺憾，最大的就是和别人比较。

和高人比较，使我们自卑；和俗人比较，使我们下流；

和下人比较，使我们骄满。

——林清玄

1

13 岁那年，我的个头猛地一蹿，出落成亭亭玉立的少女，对美有了朦胧的向往。

那时家里条件不好，衣服都是妈妈亲手缝制的。新衣裳穿不了几个月，就有些短了。妈妈找来蓝的、灰的布条，在袖口或下摆处接上一段。

有一天，班里转来一位女生，见到她时，我眼前一亮。她穿了件粉色的连衣裙，裙裾处缀着闪闪的亮片。因了这条裙子，她显得那么出众，像朵盛开的喇叭花。

她坐在我的前排，课间转身跟我说话。刚聊了几句，她指着我的袖口问："真奇怪，怎么有两种颜色？是你妈妈做的衣服吗？"

她的声音很大，我觉得窘极了，恨不得找个地缝钻进去。后来，她总想跟我一起玩，我却对她淡淡的。

有天周末，她来家里找我借课堂笔记。

这时，妈妈走过来，说："小鱼汤熬好了，快趁热喝吧。"妈妈到市场上捡别人挑剩的小鱼熬成乳白色的鱼汤，给我补养身体。要是在平时，我早就"呼噜呼噜"地喝起来，可那天我没应声，不想被人揭开衣襟上的"穷"字。

我把笔记递给她，送她到门口，她回头说："叶子，你妈妈可真好……"

我这才知道，她的母亲前些年因病去世了。我为家境不如她而自卑，哪知她却在羡慕我有一位爱心满满的妈妈。

风，吹来一阵阵花香。两双手，轻轻地握在了一起。

2

读高中时，我在学校大礼堂里观看了一场文艺晚会。

阿美穿着洁白的芭蕾舞裙，随着音乐翩翩起舞。她用脚尖演绎着快乐与悲伤，动作完美无缺，礼堂里响起热烈的掌声。那晚，阿美的独舞获得了一等奖。

我和阿美是同班同学，她的学习好得没说的，我暗暗地跟她较劲。没想到她的舞也跳得这么好，我心里有点儿酸溜溜的。

她捧着奖杯走下台，很多同学围上前向她表示祝贺。她一边说谢谢，一边微笑着望着我。她把我当朋友，渴望从我这里听到一句赞美的话。可那一刻，我故意把头扭向一边。

隔了几天，我路过学校的舞蹈室，见阿美坐在教室的长椅上，正在揉捏脚趾。

那是怎样的一双脚啊，结满茧子，伤痕累累，前脚掌已然变形。看到我一脸惊诧的表情，她说，跳芭蕾时间长了，脚就变成这样了。她的话让我想起安徒生笔下的美人鱼，每走一步都要忍着疼痛。

我理解了她的努力、她的付出，那些掌声是她应得的荣光。我真诚地说："阿美，你是最棒的，祝贺你。"她愣了一下，羞涩地笑了。

原来，为别人喝彩是件多么美好的事。因为，一个人是孤单的，两个人就有了温暖。

3

前段时间，参加了一场同学会。为此，我特意化了精致的妆，穿上浅紫色的套装，去赴那场春之盛宴。

那个夜晚，我们唱歌、跳舞，喝着红酒，拼却一醉。最后喝多了，开始聊天。

大学时鬼灵精怪的小君，现是一家公司的老板。还有大大咧咧的小卓，说自己拥有两套住房，还买了辆车……听到这里，不免有些怅然。我这位当年的好学生，至今仍是"月光族"，日子过得很吃紧。

我向一位文友老师倾诉了内心的失落。

他捡起几粒石子，扔进平静的湖面，荡起一圈一圈的涟漪。他说，比较如同石子，你的心就是这湖面。有了比较，就有了计较，有了纷争，心也就乱了。

听了老师的话，我的心顿时敞亮了起来。自那以后，我摒弃无谓的抱怨，学会感恩和珍惜。

我们总在不经意间与他人比较，并为此纠结、烦恼，其实生活诚如歌里唱的那样：越单纯越幸福，心像开满花的树。

幸福并非建立在比较之后的自我满足上，它只是一种感觉，一种生活态度。遇到比自己优秀的人，懂得欣赏别人的好，同时觉得自己也不错，这是一种平和、达观的心态。

在这纷繁芜杂的世界里，不跟他人比较，坚持做自己，你才能眉眼安然，内心从容，拥有快乐的人生。

文/叶欣

不忘初心，方得始终。

Faithful to your heart, fruitful to your result.

如果一切都是命中注定，那就让灵魂升华而出，即便是最后一刻，
船可以沉没，帆却不可以停止选择风向。

有一种痛，叫从前的美丽

人的故乡，并不止于一块特定的土地，

而是一种辽阔无比的心情，

不受空间和时间的限制，

这心情一经唤起，就是你已经回到了故乡。

——史铁生

小时候，母亲总爱给他讲一个从前的故事。

母亲每回讲，都要用手摩挲着他的小脑袋，然后瞅着对面那座大山，说，从前有座山，山里住着一户人家。一到傍晚，画中的仙女就从墙上的画里走下来，打扫屋子，收拾家什，缝补衣物，准备饭菜，再打好一盆温热的洗脚水……

他从此记住了这个从前的美丽故事。

他后来到了学校的课堂，虽然懂得了很多的基本常识，但他从没有怀疑过母亲经常讲的那个从前的美丽故事。

但那毕竟是从前的故事了。他要上学，要帮母亲做一点儿家务和农活，闲暇时和村子里的同龄人一起上树掏鸟、下河摸鱼……也许是母亲过早给他讲了那个从前的故事中的画中的仙女，或者是他青春期那无由的躁动，或许什么都不是，他总爱远远地打量村子里的女人和她们的美丽天空。

夏天，他总是趁和伙伴们去河边洗澡时，看码头上那些洗衣服的大姑娘小媳妇。她们总是赤着脚，把衣袖裤腿挽得老高，把一家老小的衣物都浸泡在水里。

在清澈的水面上，她们也不忘照一照自己红润的脸庞，然后满满地掬一捧清水，把脸擦洗了一遍又一遍，洗出自己的美丽和自信。然后，一件件衣服地搓洗着，棒捶着，漂白着，远远地就可以听到她们搓洗出来许多有趣的故事和秘密的家底。

若是哪家正在漂洗着的衣物漂着漂着被水冲走了，"哦——"的一声，他们几个小孩子齐如蛙般蹬脚游去，谁一手捞个正着，再一个猛子扎回码头。

农忙时的女人最美。扯秧时，一株株秧把在一个个女人的手里从田这边抛到田那边，在空中划过一道又一道生命的"虹"。插秧时，女人们个个"蜻蜓点水"，一下子绿了一片，一下子又绿了一片，慢慢地绿到了天边。从水塘里或从低处的水田里车水，这大多是女人们的事，也许是女人如水的缘故吧。先把木板水车支好，女人们手持摇把，一上一下，前俯后仰，轻重缓急，合着节奏，晃动身子，扭着腰，一片片水车叶排起长龙，水随天来。时不时车叶上有白花花的水被溅起老高，一条三指宽的鲫鱼在欢快地舞动。

农闲时，哪怕只是一时的闲，村里的女人也是闲不住的。母鸡在村子里，没有一个女人不把它看得比自己更重，红红的鸡屁股，女人要把它抠成自家的大银行，指望着厕金子厕银子。所以，孵鸡生蛋再孵鸡再生蛋，循环往复，她们总是十分细心，始终满怀着希望。

"咕噜咕噜咕噜"一唤，那只芦花大母鸡带着一窝鸡崽蹒跚着上前来啄食，这时幸福的晚霞已经披满了山村。这些女人对于鞋底同样有十足的耐心，她们穿针引线，挥洒缕缕不绝的情感，温暖着一双双走出去的脚。

在厚实的鞋底上，全是女人们密密的针线，满天的星点。从这里走出去的人，就是走到天边，最终还是会一步一步走回到他从前的小土屋里。

大雪飘飞的冬天，年的气息四处敲打着家家户户的门窗。这时候，他最爱看女人们穿着大红棉袄拖着麻花大辫忙里忙外。先看那个剪窗花，那真个是"金剪银剪嚓嚓嚓，巧手手呀剪窗花，你说剪啥就剪啥。不管风雪有多大,窗棂棂上照样开红花。红红火火暖万家,暖呀暖万家"!

再看做那个血粑丸子,打好一桌白白嫩嫩的豆腐,放上一盆红红艳艳的猪血,撮几许盐,配几勺辣椒粉,有条件的家庭定要切一些肉丁掺在其间。家家的女人用力把豆腐揉碎,翻过来翻过去,调匀配料,一双手血花点点,油光水滑,变戏法似的揉来揉去,把它揉成一团。

满满地抓一坨,拍过来拍过去,在左右手掌之间来回地翻滚,如蝴蝶翻飞,女人的手上生花,没几下就弄成一个椭圆形的丸子。

再去看看打糍粑,本是几个大男人喊声震天地用两根大木棒你一下我一下往臼里夯,但最后如果没有女人们把水沾在手上把它搓成圆形再拓上红红的吉祥字画,就显不出喜庆的气氛。说到底,农村的丰收、温暖和喜庆,其实都在各家女人的手上。

一年到头,男人们总要在年底舒舒服服地歇上几天。家家的女人都要把床上铺的陈草换掉,一律换上整洁的干草,铺盖都要浆洗一遍。床单下是新换的柔软暖和的稻草;浆洗过的蓝印花被面让他看到水洗过的蔚蓝天空,还有几朵娴静的白云;被里是家织布,浆洗得硬挺板正,贴上去却光滑干爽、柔和暖身。

闻着淡淡的稻草香和浓浓的米汤浆香,在那样的夜晚,他总是能够早早地酣然入睡。许多年后，夜晚他睡在城市的高级席梦思床上，总是翻来覆去睡不着，一双眼睛遥望着家乡那轮圆圆的月亮和满天的星斗。

母亲生命油灯的光亮一直照耀着他走到了大学毕业。他毕业后分配在这座城市，在城市灯火通明的夜晚，他却常常无由地生出一丝不安和无所适从。许多年过去了，他觉得那分不安和不适应在滋长、在膨胀，他变得更加盲目和烦乱。

他一次一次地回到家乡去。

然而，家乡的很多东西都已经远去，村子里空空荡荡的，留下来的都是些老弱病残，和那荒芜的田园。

他问，都出去了？女的也都走出去了？
他们都抢着跟他说，年轻一点儿的，走得动的，都出去了。
他没有说话。
他只好又回到他不适应的那座城市里。

他在那座城市有一份人人羡慕的工作，还有一个美丽的妻子，妻子也是一个从农村出来的女孩。结婚前，有一段时间他跟她常讲一些从前的故事，她认真地听着。结婚后，一听他讲从前的故事，她就皱起了眉头。慢慢地，她再也不听了。

终于有一天，他命令自己：忘掉从前，闭嘴不说。

但醒着时，他发现自己的身体里有一种痛，隐隐地向四处弥散。只有在梦中，他才能回到从前，那些美丽的从前，他常常笑醒。醒来,常常到自家的花园里走走。有一天,他猛然抬头,看到了一朵花开的疼痛。

文/周伟

不忘初心，方得始终。

Faithful to your heart, fruitful to your result.

原来，为别人喝彩是件多么美好的事。

因为，一个人是孤单的，两个人就有了温暖。

不忘初心，方得始终。

FAITHFUL TO YOUR HEART, FRUITFUL TO YOUR RESULT.

chapter2

TWO
走过弯路，
才会确定当初最想要的是什么

-- -- -- -- -- -- -- -- -- -- -- -- --

我们往往在最好的年纪，经历了一次又一次错过，这或是一次次偶然，也或是一场场必然，因为有些得到注定以失去为代价。很多时候，走过弯路，才会确定当初最想要的是什么。

我不想拆掉你的翅膀

在指望别人来帮助你之前，
自己总要先试着做点儿什么。

——雪乃纱衣

他是个不到 20 岁的年轻人，一个文学爱好者，带了厚厚的一大本他自己写的文章，赶了很远的路，就为了来拜访我，希望能够得到我的一些指点。

他和我说，他是攒了好几天才攒够了来看我的路费，路上都不敢吃什么东西，怕把回去的路费吃掉了。说到这儿，他羞怯地低下了头。

我为这个虔诚于文学的小伙子所感动，拿毛巾给他。他一边擦汗一边羡慕道："你的工作可真好，多么宽敞漂亮的办公室啊！"

我说："好好写你的文章，你也会有这样的办公室的。"

我带他去食堂吃过饭后，他一再地掏出他口袋里的一些皱巴巴的钱，对我说："囊中羞涩，不好意思，第一次来什么也没给您带，您不会见怪吧？"

我见过富人显富，却没见过穷人显穷。

"怎么会呢。"我拍着他的肩膀，劝他不要想那么多。

我看了他写的那些文章，华丽有余而力量不足，但总体的文字基础还是不错的。如果坚持下去，定会有不小的收获。我的褒奖显然增添了他的自信，他说他一定会加倍努力，一定要写出个名堂来。我给他留了电话号码，告诉他有什么事情可以随时来找我。他接过我的名片，手有些抖，满怀感激的样子。

天有些晚了，我不停地看着手表，示意他应该走了，不然会赶不上回去的车。他大概也看出了我的担心，说没事，回去的车有的是，就是黑天了也有。然后，他就有些不好意思地说："能不能再到你的食堂里吃顿饭啊，那样，在回去的路上我就可以不吃东西了。"

当然可以啊。我爽快地领他去食堂，让他吃了个饱。然后又替他打了满满的一盒饭，让他带着在路上吃。在办公室里，他看到地上堆了很多纸张，向我索要，说反正你这里这么多，我可以用它们多练笔写东西。我就找了个袋子，帮他装了些洁白的纸张。心里却忽然有了一种说不清楚的感觉，令我的热情骤减。

他再一次感激涕零，发誓一定要写出好作品。

临走的时候，他又一次掏出他的那些皱巴巴的钱（他回家的路费），不厌其烦地说最近手头拮据，什么都没给我带，让我不要怪他。我知道，他这是在暗示我替他买一张回程车票。

钱就在我的口袋里，但这次，我没有掏出来。

他和我说，有一次在车站，他没钱买车票，就向别人开口要，没想到有一个好心的人很慷慨地给了他50元。

他一再地暗示我，就差没有开口向我要钱了。可我依然装聋作哑无动于衷。

口袋里的钱被我握成了一个纸团。我知道，我不能把它交到他的手上，那样，它真的就成了一团废纸，没有尊严的废纸。

他用一种很奇怪的眼神看我，或许他觉得我是个吝啬的人，但我必须那样做，我只是不想让他养成一种过分依赖别人施舍的习惯。

对于一个羽翼未丰的年轻人来说，别人每施舍一次，就等于拔掉了他的一根羽毛。所以我不能施舍他，哪怕是小恩小惠，也等于是在慢慢拆掉他的翅膀。

"我也有过贫困潦倒的时候，"我想有必要和他讲讲我自己的故事，"那一次也是在车站，我口袋里的钱不够买车票。但我没有向别人讨要，而是去杂货店买了一管鞋油和一个鞋刷，在车站帮别人擦鞋，擦一双鞋一元钱，一共擦了五双鞋，可是还不够买全程的车票。我就买了短途的票，然后在车厢里继续给别人擦鞋，一站又一站，如此反复。就这样，我擦了一路的鞋，也买了一路的票，终于到了家。"

他低着头，又一次羞红了脸。我感觉到了，这一次，是他灵魂里的羞愧。

有时候，拒绝也是一种帮助。因为我不想，拆掉你的翅膀。

在这之后的几年里，我们互相通信保持联系，我常常在信中鼓励他坚持下去。现在，他在当地已经小有名气，而且被当地文联破格录用，他也有了和我一样宽敞漂亮的办公室。他在给我的来信中真诚地表达了他的感激之情，他说："我之所以能有今天，都是因为您的那一次'拒绝'，拯救了一颗即将跌落山谷的尊严的心。感谢您，让我拥有了一双自尊、自强、自立的翅膀。"

文/朱成玉

不忘初心，方得始终。

Faithful to your heart, fruitful to your result.

生命好像大海，我们每个人都似海中的一朵浪花，

活一天就要快乐一天，像浪花那样一路欢腾，向前奔涌。

成长的弧度

> 每个人都会遇到自己生命中看似无法战胜的敌人，
> 有些是灾难，有些只是磨砺——
> 你知道磨砺和灾难的区别吗？
> 区别就是，灾难是不可战胜的，
> 而磨砺是可以越过的。
>
> ——Priest

朋友拍摄短片，我过去帮他挑选演员。是一部关于小孩子的电影，所以我们在一所中学门口，摆出星探的架势，等着放学铃声响起，从水一样泄闸而出的孩子里，挑选那些适合于不同角色的演员。

我们很快锁定了一个目标。是一个神情淡漠懒散的男生，书包的带子，快要耷拉到地下去了，却还是不知不觉，一个人兀自

向前走着，有不合群的孤单与骄傲，像极了朋友剧本里写的一个
单亲家庭出来的孩子。

我穿过重重的人群，将他及时地拦截在门口。他刚刚跨上自
行车，一只脚还踩着地面，看见我一脸的微笑，便停下来，按一
下铃声，代替他想要说的问题。我像个骗子一样，拿出朋友的名
片和剧本简介说，我们要拍摄一个短片，想找演员，觉得你合适，
不知你有没有兴趣。

他将名片随意地丢在车筐里，而后淡淡扫了一眼剧本的名字
和内容简介。我问他何时能够给予我们回复，他却没有成人的客套，
只用慵懒的语气回复我说，我看看再说吧。说完也不等我闪身让路，
便绕过我，吹着口哨，混入人群之中。

就在我和朋友对这个干什么事情似乎都不会起劲的小男生失
望的时候，他突然打电话过来，也不问我们是否已经招满了演员，
一副知道我们在等他的样子，说，已经想好了，答应出演我们需
要的那个角色。

我有些为朋友担心，将这样一个重要的角色给这个明显没有
团队精神的男生，是不是一个失误；假若他拍了一半，便任性不
再来演，或者即便是参演，也漫不经心，那该如何是好？这种小
男生，明显是不会对任何人胆怯，或者听从于任何人的使唤的。
朋友却摇头，笑说，我看未必。

　　短片很快进入了拍摄。无事可做的午后，我偶尔去探班，会看到那个被朋友叫作"阿三"的男生，在默记着台词，或者一个人对着镜子排演着即将需要拍摄的情节。相对于其他男生的吵嚷与喧哗，他的安静，有着让人觉得不可接近的距离感，我很难猜出朋友是如何一遍遍要求他将同一句话在镜头前重复说上 20 遍，却可以始终没有一声抱怨，或者有没有像另外一些男生那样，摔掉台词本，转身就要走人。

　　我记得完整地看过其中一段影片的拍摄。讲的是阿三所处的小团体为了各自的利益，牺牲了其中一个朋友的声名，导致这个男生被学校开除，阿三在洗手间里朝那些所谓的哥们儿吼叫。

　　不知何故，我与周围的人都觉得阿三已经演得足够地投入，嗓子都几乎哑了，但朋友始终觉得缺少了几分疼痛感，于是便让阿三一次又一次地重复，最后，这一个短短两分钟的镜头，竟耗费了一下午的时间才最终通过。

　　拍摄完毕的时候，周围的人皆一脸明显的怨恨，说明明没有必要拍摄这么多条，差不多就可以了，又不是去拿什么国际大奖，不过是一个 20 分钟的短片罢了！

　　而作为这场戏主角的阿三，却在散场后，用仅剩的一点儿力气，嘶哑着嗓子，问朋友他是否是一个合格的演员。朋友像一个大哥，拍拍他瘦瘦的肩膀，说，阿三，你是我遇到的最棒的演员，真的。

这时我看到阿三微笑着躺倒在地上，闭上眼睛，竟是片刻便起了轻微的鼾声。

16 岁的阿三，和电影里的角色一样，出身于单亲家庭，父母各自有了新的归宿，他在母亲的新家里有无所适从的恐慌，却用冷硬的表情和轻狂的举止，掩藏住内心的孤单与对温暖的渴求。

而一眼看穿了他的伪装的朋友，则用不着痕迹的关爱，让他慢慢地褪下那层坚硬的外壳，将一颗被冰冻了许久的热烈的心捧出来，给值得他付出的人看。

短片剪辑的第一个版本出来的时候，我过去看。在黑暗的小小的放映室里，我在屏幕上又看到那个已经许久没有遇见过的阿三。他的第一个镜头，竟是面对着镜头微笑的特写。

那样浅淡的笑容，因为近到可以触摸，隔着时空看过去，总感觉有一丝的疏离。就像他原本应该满不在乎，应该在排练时跟朋友要小孩子脾气，应该迟到早退，应该对微薄的报酬斤斤计较，应该嘻嘻哈哈，应该得意忘形，这才是 90 后的阿三所应具有的表情。

但我还是从这样少有的微笑里，看清了这个小男生在左冲右突的青春烦恼里，隐藏住的柔韧的光华。

是这样的温度让他于最叛逆的少年时光，可以如一株山野里的柏树，或者梧桐，旁若无人地生长，一直将那稚嫩的枝条冲出藤蔓的缠绕，或者其他枝杈的阻碍，成为那插入蓝天的张扬的主干。

而这，便是像阿三一样孤单的少年，成长的粗粝的弧度。

文/静美

谢谢自己，快乐就会来找你

感谢自己一次又一次度过磨难，在磨难中渐渐成长……

感谢自己能在别人苦难之时，尽自己的一份绵薄之力。

——川西琴子

17岁那年，我已长得人高马大了，和父亲站到一块儿，我足足比他高出半个头，虎背熊腰的，威武得不行。父亲常常高兴地拍着我厚厚的肩胛说："瞅瞅，成一条大汉了。"

块头虽然不小，但因为我一不甘心像父亲那样一辈子泡在一亩三分地里，二是嫌外出打工不体面，所以整天待在家里，东游西逛无所事事。

那年春天，村东头福海叔家翻盖新瓦房，人手紧，父亲跟我说："你在家里闲着也是闲着，明天去你福海叔家帮把手。"

我说："我又不会干泥瓦匠活儿，我去干什么？"

父亲说："不会做手艺活儿，你搬砖运瓦总能干吧？"

　　我一听，脖筋顿时就梗了起来，让我搬砖运瓦呀？听那一群泥瓦匠指东吆西？我不去！

　　父亲瞅了我半天，叹口气："俺知道你，又嫌去搬砖运瓦不体面了不是？不去也行，咱俩明天换换工，你去镇上买几袋化肥，我去你福海叔家帮忙。"

　　父亲也不是什么手艺人，只有一身好力气，村里谁家翻房盖屋了，即使人家不来找，父亲听说了就去搬砖、运瓦、和泥，尽做一些笨重的苦力活儿，但父亲在乡亲中却挺有威望，十里八村的乡亲们说起他，都啧啧称赞："那真是个好人呀！"

　　第二天一清早，父亲就去了福海叔家。吃过早饭，我套好一辆架子车，拽着去 20 余里外的镇上买化肥，回来时可就难了，七八袋化肥，七八百斤重，一溜的上坡路，我拼命地弓着腰拽，没拽出多远，汗水就把上衣沤透了，两条腿也软得直打战，心怦怦直往嗓眼儿跳，上气难接下气。

　　正愁得不行时，恰遇到几个过路人，他们二话没说，将自己拎的东西往我车上一扔，就挽起袖子帮我推起来。车轱辘"沙沙"地响，车子一下子变得又轻又快了。上到坡顶，我望着他们一张张汗涔涔的脸，心里十分感激，红着脸一个劲儿地对他们说："大叔大婶，我谢谢你们了！"几个人淡淡地笑笑说："没啥，不就是搭把手嘛！"

　　夜里，父亲从福海叔家回来，问我："这么多化肥，一个人怎么拉回来的？"我跟他讲了上午的事。听罢，父亲说："你向人家道过谢没有？""当然道谢了。"我说。

父亲思忖了半晌说："你尝过别人向你道谢的滋味吗？"我摇摇头。

"你整天待在家里也憋得慌，这两天买化肥的人多，你明天去路上转悠转悠，见有需要帮忙的人，就伸手帮一把吧。"父亲说。

第二天闲在家里没事，我就一个人步行着去镇上转悠了一圈。返回时，果真见有几个艰难运化肥的乡亲，想想自己昨天的事情，我默默挽起袖子，快步上前，不声不响地帮忙推起来。车到了坡顶，拉车的人回过头来，满脸感激说："小伙子，谢谢您帮忙了！"

"谢谢您？"我一愣。这是我第一次听到别人对我说这样的话，脸羞得热热的，心里却兴奋极了！我以前多少次向别人道过谢，但没想到别人向自己道谢时，这瞬间的感觉是这么的美妙，像薰香的微风，又像池塘的涟漪或月夜下的曼歌。

回到家里，我还沉浸在这种兴奋和快乐中。夜里父亲回来，看到我舒心的模样，笑着问："尝到别人向你道谢的滋味了？"我点点头。父亲又问："比你向别人道谢的滋味怎么样？""当然感觉好多了！"

父亲笑了，顿了顿说："你长这么高了，成一条大汉了，应该懂得这种事理了，当你自己还总是对别人说'谢谢'的时候，你是找不到快乐的。当别人由衷地对你说声'谢谢'时，快乐就会来找你。人活这一辈子，应让别人经常对你道谢，只要你心里常揣着一句让别人'谢谢我'，活着就是高兴和快乐的。"

"谢谢我？"我愣了，当我细细品味了父亲的这番话后，不禁对向来不屑一顾的父亲肃然起敬了。

第二天早晨起来，我对父亲说："今天你忙家里的活吧，我去福海叔家帮忙搬砖运瓦！"父亲咧着嘴笑了："去吧去吧，能给别人帮助，你才知道活着的味道。"

多年以后，当我阅读托尔斯泰的作品时，发现了这样一句话："为别人而生活着是幸福的！"——这和父亲的"谢谢我"是多么异曲同工啊！

"谢谢我"，是我成熟的一座纪念碑；从一句一句轻轻的"谢谢你"中，我听见了自己长大的声音。

文/理言

唯一应该超越的，只是自己

> 我们在黑暗中并肩而行，走在各自的朝圣路上。
>
> ——周国平

我和晨只见过一次面，而且那时还是懵懂少年，对于我们之间与生俱来的相似，一无所知。但她却是我亲生的妹妹。真的。

那是 80 年代中期的事了。母亲在接连生下两个女儿后，终于对又一个接踵而至的丫头感到厌倦了。这个女孩，在母亲的怀里连奶都没有吃上一口，就被一个陌生的女人，踩着惨淡稀薄的月光，悄无声息地抱走了。

我那时并不懂得大人的忧愁，看到休养中的母亲吃喷香的鸡蛋，便不觉流了口水。母亲看见了，总是叹口气，招呼我坐到床沿上，将鸡蛋一块块地夹给我吃。我吃到幸福处，总是会问：那个小妹妹去哪儿了呢？母亲从来都是言语含糊，说，当然是去她最想去的家了。

这样的答案，并不能让我满意，我所需要的，是具体到细枝末节的描述，就像透明糖纸上清晰的底纹，或是空气里飘溢的年糕的芳香；而母亲所能给的，则只是一个秋日落光了叶子的枝杈，光秃、冰冷，黯然无光。

10岁那年的夏天，我跟随父亲第一次进城去卖雪糕。收摊的时候，父亲看看箱子里不多的几支雪糕，便安慰已热蔫了的我，说，再坚持一会儿，等到了你远方大伯家，就可以吃了。我就这样一路挂念着那几支雪糕，挨到了城里一栋漂亮的小楼前。出来迎接我们的，除了父亲所说的大伯大妈，还有一个大约7岁的女孩。

女孩子的小得意，让我迫切地想要与她分享父亲留下来的宝贝。没承想，她漫不经心地瞥了一眼，便大声嚷道：我才不要吃这样的雪糕！一旁她的父母，含笑看着她说：挑拣惯了，什么东西都非要最好的，换一家，都养不起这样的丫头呢！而我，并没有因此坏了吃雪糕的情绪，我甚至有些兴奋，想，这个骄傲的丫头竟然不与我争抢，真好。

那个午后，我一口气吃光了所有的雪糕。回来不停地拉肚子，但在母亲的责骂声里，我还是想念起那个面容秀气的女孩，想起她细细手腕上叮当作响的银镯，她歪头看人时眼睛里的漠然，她扔得满地都是的文具，她房间里堆满的毛毛熊。

她生活得像一个公主，而我，却因为多吃了几支雪糕，便被母亲训斥。第一次，我觉出生活给我带来的惆怅和空茫。也是第一次，我隐约从父母的谈话里得知，那个女孩就是七年前被抱走的晨。

我记得父亲在夏夜里细碎地谈起晨，说她与母亲一样，爱挑拣，吃饭也不专心，言语亦是刻薄，活脱一个母亲的翻版。母亲躺在凉席上安心听着，突然便翻个身，将一旁昏睡的我拥进怀里。

我此后再没有见过晨，却断断续续地从父母的口中得知了关于晨的许多消息。她在我风尘仆仆地为了高考赶路的时候，疯狂叛逆；与不良少年混在一起；四处骗亲戚的钱花，毫不惧怕父母的责骂；私自逃学去部队里找做军官的哥哥，又差一点儿爱上一个文艺兵。

家境的优越让她无须像我一样，为了一份安稳的工作，为了让父母过上城市人的生活，而拼命地念书，直念到最明亮的一段青春落满晦暗的尘埃。我终于如愿考入大学的那一年，晨也初中毕业，在哥哥的帮助下，勉强去了一所技校学习服装设计。

彼时我依然自卑，在热闹的人群里，常觉得有无处可逃的孤单。而唯一可以拯救我的，就是写字，不停歇地写，将心内郁积的所有的恐惧、忧伤和怅惘，都用文字来一一消解。爱情，只有在我的小说里，才会繁花似锦，一片妖娆。

也曾经有过喜欢的男孩，但皆因自己的慌张躲闪而擦肩错过。比我小三岁的晨，在另一个城市里，却俨然成了爱情高手，常常带不同的男孩回家，但并不与他们中的任何一个生出纠葛。

她只是享受爱情，享受被男孩呵护的感觉，具体这个给予爱的男孩是谁，她则不去关注。青春于她，如一块巧克力，绵软、香甜，而且永远都会有人主动地跑来埋单。

我在这样沉默又倔强的前行里，用文字慢慢擦拭着一颗卑微到泥土里去的心。当四年的时光逝去，我收获的，除了文字，还有自信从容的芳华。一个从乡村里走出的女孩，她贫穷，她胆怯，她无所适从，但最终她还是褪去了这层灰色的外壳，在耀眼的阳光下，露出色彩绚丽的翼翅。

而晨，在技校毕业后，终因专业不佳屡遭辞退。最后，她结交了一个有"能力"的男友，干脆丢了工作，只过逛街上网的自由生活。不久，她的男友生意亏损，急需用钱，晨将自己的所有都借给了男友。而这所谓的男友，也就在此时销声匿迹，再无踪影。

晨在无人相助的异地被网吧老板赶出，最后身无分文，又差点儿被人骗走，是好心的民警帮她拨通了家里的电话，许久都没有她的消息的父母这才知道她在外面所受的苦头。

母亲向我讲述这些的时候，脸上的表情始终是感伤的。这个一出生便与她的生活再无交集的丫头，以为会自此从心里彻底地忘掉，但还是像那零星的一点儿小雨，偶尔落在肌肤上，便倏地一下，将那微凉浸到了心底。晨，这个与我们素不相识的女孩，却因为那流淌的血液，而被我和母亲以这样那样的理由，装作漠不关心地频繁提及。

后来，我研究生毕业，在喜欢的城市里找到一份喜欢的工作，又和喜欢的人相守在一起。而那时在一家工厂做临时工的晨，也即将结婚。听说，新郎是一个极普通的男人，与晨曾经历经的那些张扬的男孩没有丝毫相似的地方。

母亲在得知这个消息的时候，打电话给我，说，那个胖丫头，终于肯安心嫁人了。我诧异，想起十几年前见过的那个秀气柔美的女孩，便说，怎么会是胖丫头呢？母亲叹气，回说，她自回来后，便懒于做任何的事情，当然就很快地发了福，大概比你要重 40 斤吧……

很多年前那个自卑的女孩，怎么能够想到，她与晨从同一个原点出发，画出的竟是这样两段互不相干的青春。而那繁华的，终会陨落；那寂寞的，也终会闪烁。而年少的岁月，就这样结束了。

文/婉约

不忘初心，方得始终。

Faithful to your heart, fruitful to your result.

为自己而活，自由不拘地支配自己的人生，

并懂得爱与付出，这大约是我们所有人一生必修的功课。

浪花从来不慌张

在灰暗的日子中，不要让冷酷的命运窃喜；
命运既然来凌辱我们，就应该用处之泰然的态度予以
报复。

——莎士比亚

晨曦乍亮，阳光穿过云层洒向大海，海面上泛着耀眼的蓝光。那一汪蓝是如此深邃、明澈，而又变幻莫测。风行走在水面上，踏起千层浪。一朵一朵的浪花，升腾、幻灭，此起彼伏，是一场美丽而盛大的绽放。

海滩上出现两个身影，欢快地奔跑着，那是我和弟弟在沙滩上追逐、嬉闹。雪白的浪花拍打着礁石，拍打着沙滩，发出极有节奏的哗哗声。

弟弟停了下来，说："姐姐，你说浪花也是花吗？它看上去那

么细小，却有着令人惊心动魄的力量。"我回头笑道："浪花是海的女儿，是爱与善良的化身，每一朵浪花都是一滴水的绚烂绽放。"

那一年弟弟 15 岁，长得眉眼清秀，是一位翩翩少年。他经常穿白衬衫蓝长裤，头发梳得光亮。他歌唱得好，还会画画，写朦胧诗，是校园里的明星人物。

后来参加工作，他成为电建公司的一名技术人员，足迹踏遍了大半个中国。从网上传回的照片上看，他依然那么爱美。回到临时驻地，脱下工装，他又换回时尚整洁的衣裳，显得神清气朗。

日子水一般缓缓淌过，转眼十余年过去了。原以为生活会波澜不惊地继续下去，然而在一个毫无征兆的早上，他像往常一样到工地上班，意外突然发生了。

现场高压蒸汽管道发生爆管，滚烫的气流扑面而来，弟弟身上多处烫伤，求生的本能促使他从八米平台纵身跃下。随后的两个多月里，他被隔离在重症监护室，一次次徘徊在生死边缘，最终顽强地挺了过来。

出院以后，他像变了个人似的，整日神色郁郁，沉言少语。他对着镜子，抚摸着脸上、手臂上蜿蜒的疤痕，眼神冰凉而绝望。一个月后，我提出陪他回故乡一起去看海，只当散散心也好。他略微想了想，点头应允了。

　　我们搭上北去的火车，又转乘渡轮，回到阔别多年的海岛。还是那片大海，还是那片沙滩，只是我们各存心事，已没了追逐的兴致。两人沿着细软的沙滩，向前缓缓地走着。

　　无数次在梦里回放的海就在眼前，这里承载着我们太多的往日记忆，只不过昔日的荒岛成了旅游胜地。游客们聚在沙滩上，喧闹的人语欢笑遮住了海浪的清浅吟唱。

　　对面过来的游人，有的扭头盯着弟弟，眼里露出惊诧、疑惑的神情。我感到有些忧虑不安，悄悄地瞥向他的脸。弟弟的脸上看不出悲喜，只有疲惫和漠然，如帷幔般，一重一重地遮蔽着心的忧伤。

　　沿海滩走了一会儿，见岸边停泊着一艘渔船，正是休渔期，皮肤被晒得黝黑的渔民在织网。我想起《老人与海》的故事中，眼睛像海水一样蓝的顽强的老人。

　　"你记得海明威笔下的老渔夫吗？在大风大浪中，跟鲨鱼搏斗了那么久。那鲨鱼太凶猛了，连老人好不容易打上的一条大鱼也被它吃得仅剩下白森森的骨架。"

　　他叹了口气，说："那老人真是倒霉透了，白出了一次海。他用尽了所有的力气，折腾了那么久，最后什么也没得到，还受了重伤。"

　　"老人千辛万苦钓到的大鱼没有了，可也证明了人是不会被打败的。"我接着说，"你看那浪花这一刻在峰顶，一瞬时又跌入谷底，后面的一朵随时会追上来。浪花从不慌张，它知道要不了多久，又会回到顶峰。"

　　他是一个极聪慧的人，听后微微一怔，随即黯然不语。目光变得凝滞而沉重，飘忽的灵魂似又落入痛楚的躯壳。我期待故乡的海风能吹散他心头的孤寂，奔腾的浪花能涤尽他心底的哀愁。

　　我们在临海的客栈住下，推开窗，便能眺望到大海。在随后的半个月里，我们绕岛而行，从黎明直走到黄昏，走到夕阳散尽，繁星点亮。走得累了，两人便坐在岸边，听着阵阵动听的波涛声，看海鸥在水云间盘旋翻飞。

　　大海是神秘多变的，像个任性的女子。时而滔滔的海水猛烈地冲击着岩石，迸出碎玉般的浪花；时而缓缓流动的海水温柔地安抚着沙滩，给人以梦幻般的感觉……回到魂牵梦萦的故乡，才发现世间所见过的水，都不抵这一片碧蓝。我们的生命在这里初绽、成长，它承载着我们最初最真的梦。

　　离开前的那个清晨，我们又来到海边。这一片海，波光潋滟，蓝得如宝石般，美得不可描绘。我和弟弟沿着岸边漫步，金色的阳光被水波剪成细碎的光影。那光影轻轻地化开，映入他流转的眼波中，亮闪闪地跳跃着。

　　"生命好像大海，我们每个人都似海中的一朵浪花。"弟弟说，"无论处于怎样的境遇，活一天就要快乐一天，像浪花那样一路欢腾，向前奔涌。"

他站在水岸边,望着水中的倒影,抬手捋了捋被风吹乱的头发,脸上漫出淡淡的微笑。这个看似不经意的动作,让我心里一阵温热。因为我相信,一颗热爱美的心灵里,藏着的是对凡俗日子生生不息的热望,以及对当下拥有的珍惜和感激。

文/顾晓蕊

愿所有的孤独终被时光拯救

你们可以庇护孩子的身体，
但不能禁锢他们的灵魂。
孩子的灵魂栖息于明日之屋，
那是你们在梦中也无法造访之境。

——纪伯伦

是秋天的傍晚，很凉，在阳台的灯光下坐着看书，突然便传来一声小孩子撕心裂肺般的哭喊，反反复复的，只有一句话：妈妈不要我了！妈妈不要我了！

防盗门砰的一下关上，对面的楼道里，便有冰冷的高跟鞋的声音咔咔地朝半空里去。那样的无情，只有在俗世之中，变得粗糙冷硬的一颗心才会生出。那个绝望的小孩依然在风里哭喊，可是，却没有人回应他的孤单。

小区里的人，只当是一个孩子任性、顽劣，觉得这样的冷淡不过是对他的惩戒，所以便不足为奇，看他一眼，便从他的身旁凉风一样经过。

我知道小孩子的哭声，终究会在无人理睬中渐渐消散下去，犹如一缕青烟，消散在静寂无声的暮色里。所以我也无须从窗口探出头去，看他怎样自己擦干了眼泪，在防盗门旁犹豫良久，终于还是抬起手来，按下自家的门铃。

这是无路可走的孩子唯一可去的地方。或许家中有父母的呵斥、责骂，或许单亲的母亲会拿他撒气，或许饭桌上只剩下残羹冷炙，可是他无钱可以流浪，除了回归，隐匿内心深处的孤独，他别无他法。

又想起另外一个小孩，跟母亲并肩行走时，不知是因了一句什么话发生争吵。做母亲的，愤怒之下便破口大骂了他。他在众目睽睽中，没有争执，也没有放声大哭，而是突然停止了走路，无声无息地蹲下身去。

昏黄的路灯下，我看不见他的脸，不知道他是否有眼泪滑落下来。但我猜测，他是没有泪的。他的心里，一片冷寂悲伤，犹如苍茫大雪中，一只寻不到方向的飞鸟找不到温暖的家园。甚至，连一截可以憩息的枯枝也没有。

我走得很远了，还看到那个孩子蹲在水泥地上，孤独成一团黑色的影子。就像很多年前，因为被父亲责打逃出家门，在荒野的草丛中站到露水打湿鞋子的我。

成人常常以为，不会有衣食忧惧的孩子，内心最为单纯快乐，所以孤单、绝望、无助、惶恐这样的词汇与他们毫不相干；不过是三句哄骗、两粒糖果，便可以将他们收买，重绽欢颜。

可是，却无人能够懂得，当他们被成人冷落、打骂，甚至赶出家门之时，心内铺天盖地的忧伤，几乎可以将弱小到无力对抗世界的他们彻底地淹没。

成人可以用金钱、物欲、情爱来填补席卷而来的孤独，可是那些哭泣的小孩却只能任由孤独裹挟着，犹如一艘在大浪之中颠簸向前的小舟。只有心灵始终纯净不曾沾染尘埃的成人，方能在他们犹如小猫小狗一样无助的眼神里，读出他们内心的惶恐。

行走在人际疏离的城市之中，很少会遇到儿时在乡村里，大人当众责打孩子，被一群乡邻阻拦的热闹。更多的时候，这样的责打改在了隐秘的家中，不相往来的邻居，或者对面高楼上的陌客，只能透过窗户，听一听那个被家人孤立的小孩嘤嘤的哭泣或者绝望的嘶喊。

世界上最深的孤独，藏在一只流浪狗血流不止的伤口上，一头失去孩子的骆驼的凝视之中，一只被猎人捕获的野狼的惊惧里。还有，一个在城市里走失的孩子的惶恐中。

这样的孤独，隐匿在弱小的生命之中，除了时光给予它用来自我护佑的粗粝外壳，无人可以拯救，亦无药可以治愈吧？

文/安宁

再深重的苦难，也不能压垮春天

每个挫折里面都隐匿着一些新的可能。

挫折不可怕，沉溺挫折才可怕。

——秋微

刚开始的时候，雪花是猫着腰，蹑手蹑脚地来的，似乎要给你某种惊喜。待你敞开了门扉和胸怀欢迎它的时候，它已经开始不拘小节，大摇大摆起来了。这正是它可爱的地方，多大的雪都不会恼了我。不管什么时候，在我眼里，飘舞的雪花都是数之不尽的好消息。

我相信它是春天的邮戳，它贴着我的额头，附着我的耳畔，与我耳鬓厮磨，转瞬间便融化了。雪花匆匆地来去，只为提醒我，春天的幕布已经拉开，准备好你的节目了吗？

我淹没在那些幸福的白色花瓣里，不想靠岸。不得不承认，雪是我生命中的"精灵"，作为一个美丽的意象不止一次出现在我的文章里。我如此深地爱着它们，如信仰一般。世界太大，我只要守着一片小小角落，捧着小小的六个瓣的雪花，便是心灵的天堂了。

有一个不到 20 岁的孩子，对雪却厌恶至极——他是我常去的一个小饭馆里的小服务生。每次下了雪，都听得见他向天空咒骂，那些恶毒的语言与他清俊的脸孔极不协调。在他看来，那漫天飞舞的不是雪花，而是令人生厌的苍蝇和蚊虫。我堆在门口的雪人也常常遭到他的蹂躏——这些都是他少有的反常行为。

平时在他的脸上总是看不到任何表情——不会热泪盈眶，不懂笑靥如花，一副很标准的扑克脸。人们从不解、好奇、厌倦，到最后认定他根本就缺少基本的情感，孤僻又冷漠的孩子啊，人们看他的眼神开始变得嫌恶。

冰心曾经借她文章中的人物的口说出这样的话：

世界是虚空的，人生是无意识的。人和人，和宇宙，和万物的聚合，都不过如同演剧一般，上了台是父子母女，亲密得了不得；下了台，摘了假面具，便各自散了。哭一场也是这么一回事，笑一场也是这么一回事。与其互相牵连，不如互相遗弃；而且尼采说得好，爱和怜悯都是恶。

有人问他：

那活着还有什么意思，死了，灭了，岂不更好，何必穿衣吃饭？

他说：

这样，岂不又太把自己和世界看重了。不如行云流水似的，随它去就完了。

——这个人未免太消极些。当然，这并不是冰心本人的世界观。但她描写的这个人的这种心境与这个小服务生此时此刻竟完全一样，他们的冷漠在遥远的时空里不谋而合。

直到那场大醉之后，我才窥探了他心底的苦痛。那天是元旦，天空飘着零星的雪花，有些出奇的冷，人们都偎在家里，用亲情烤着火。饭馆里除了我，没有其他客人。我喜欢在下雪天里喝点儿酒，但一个人有些无趣，便示意让他来陪陪我。

在老板的允许下，他喝了酒，不胜酒力的他喝了二两小烧便将心底的哀伤吐露无遗。我第一次看见他哭，他的眼泪让我确信他身体里的血依然是热的。

他说他从小就没了父母，一直和奶奶相依为命。奶奶上了年纪，却还要到处收破烂供他读书。这样的书他读不下去，他自作主张，卖掉了他的课本做路费，来城里打工。当他买了很多好吃的和新衣服回去的时候，发现奶奶正守望在门口，已经变成了僵硬的雪人！

有人说，少年的情怀是最真的情怀，是的，我看到和听到过无数煽情的场面，但他的故事却那样令人心痛。他的哭泣久久盘旋在我的耳边：

"奶奶说她不要好吃的，不要好穿的，只要我陪在她身边，奶奶无时无刻不在等我回来。可是，她没有等到。

"都是这该死的冬天，该死的雪，带走了奶奶。"

他指着那些贴满窗棂的大朵大朵的雪花，不停地诅咒着。

这就是他怨恨雪的原因。可是，他多么深地冤枉了雪花啊！他的咒骂，让我心疼。

"真正让奶奶冷的，是你不在她的身边。换种角度讲，奶奶走的时候，披了厚厚的雪，是不是也会很温暖呢？奶奶不在了，所以你更要勇敢地活下去。"我为雪花辩解着。他喝了大大的一口酒，使劲地向我点着头，泪光闪闪。

雪没有罪，有罪的是命运。我竭力在为雪花洗清冤屈。

我和他走出屋子，站在雪地上，像一张白纸上的两个标点符号。他从没有像今天这样对雪花充满敬意和怜惜之心，他伸出了双手，张开了怀抱。我们想堆个雪人，可是积雪太薄，想到雪地上打个滚儿，又怕雪花委屈，只好就那样在雪里呆呆地立着，任雪花落在脸上，融进心里，轻声叨念着一些随着雪花在飘的亲人的名字。

我让他去亲近雪花，只是想让他相信，每一个六角形的花瓣都是春天的邮戳，告诉我们，再深重的苦难也不能压垮春天。

世界的表情是丰富的，有时冷峻，有时温和；有时调皮，有时哀伤；有时黑白相间，有时姹紫嫣红……人呢？不能总是待在冬天里，只戴一顶叫作冷漠的帽子。

孩子，扔掉你的帽子，再挺挺吧！

文/老玉米

不忘初心，方得始终。

Faithful to your heart, fruitful to your result.

生命中那些长长短短的旅程，寂寞也罢，喧哗也好，

其中的每一段都值得我们用力地感激，且深深地铭记。

能把你感动的，并不一定是感情

真正的爱，是牺牲了自己某一部分，

来成全你，让你变得更好。

所以，不要找一个可以感动你的人，而要找爱你的人。

爱不是感动，而是成全。

——Fly

一个将每次爱情都当成初恋去谈的朋友，在一次酒后，向众人倾诉，这世道是不是变得太快，为什么每一个女孩都会被我感动，到头来却都以没有感情为由，将我无情地甩掉？

然后他便说起其中的一个"初恋"，他几乎是第一眼见她，便在心里爱上了这个温柔可人的女孩。随后便展开猛烈的进攻，还从网上下载了恋爱秘籍，照着其上条目逐一实施。他为她买过 999 朵玫瑰，浩浩荡荡地提着，在她上班的楼下摆出一个心形，而后等着她在人群的惊呼声中探出头来；

他在她每月最痛苦的时候，端水喂饭，心情抚慰，身体按摩，还承包了为她清洁内衣的脏活；

他为她在电台点歌，又将自己唱的情歌录制成光盘，送给她听；

他从来不会让她做一丁点儿的家务，洗碗做饭拖地板，全部一个人揽下。他说要让她变成世界上最幸福的女人，衣来伸手，饭来张口，像一个被宠坏了的公主殿下。

女孩在他最初的殷勤里，果真有了他想看到的明媚的笑容。就在他以为一切水到渠成，要将女孩带到家中和父母见面的时候，女孩突然退缩了。他以为她还没有做好结婚的准备，却不想，她向他挑明说，发现自己并不是真的爱他。

朋友不解，但也并不气馁，而是一如既往地用似水柔情感化她。他相信水滴石穿，总有一天，他的种种努力会为自己换来爱情的硕果。况且，哪一个女孩不喜欢浪漫，不喜欢呵护，不喜欢那种被打动的温情呢？

但女孩却开始躲着他的锲而不舍，像躲避一只发情的公猫的追赶。他跃上墙头，她便跳下草垛；他追至窝旁，她却逃到树上。这样奔来跑去，直将朋友累得气喘吁吁，不堪重负。

朋友说那段时间他真的像发了疯，脑子里时刻酝酿着浪漫甜蜜的调调，去打动女孩，心里却满是无处可以倾倒的苦汁。她不再来吃他做的饭，他就在下班后急匆匆地赶回小屋，算好了时间做好饭菜，又提至她的宿舍，挂在门口。饭菜的温度在她看到取下的时候，一定还是温暖的。

他几乎可以算得出她从单位到宿舍的时间，是 15 分零 30 秒。而他将饭盒挂上门口后，她一定是刚刚拐过第二个拐角，且在三分钟后便可抵达。

朋友会躲在树后偷窥她取下饭盒时的表情，并据此判断究竟这段感情还有多少回转的可能。朋友知道她是个心软的女孩，所以他一直认定，诚心所至，金石可镂，她一定还能够回到他的身边。

可是这样辛苦做送饭工、洗碗工、送花工的结果，是女孩将一盒喷香的蛋炒饭摔在他的面前。女孩是哭着求他放手的，她说她很感动他为自己做的一切，她也相信每一个女孩都会像她一样，被他持之以恒的爱感动，但是，她自始至终都想告诉他的一句话是，感动不是感情。

朋友当即犹如被人闷头一棒，竟是不知该如何反驳这似是而非的爱情结论。朋友想拿出自己当年读书时做最佳辩手的雄姿与女孩争论，如果没有感动，哪来的感情？

感情中假若没有彼此细致入微的关爱，并因此心内柔软，又怎会让两颗心相互爱恋？而感动与感情，一字之差，却是息息相关，因为有"感"，进而"动""情"，谁又能说，情到深处，不会因哪怕是一个吻的温暖而内心感动？

但朋友最终还是失去了这又一次的"初恋"，并因为这精辟的一句爱情的总结而心生惧怕，此后竟是许久都不敢越爱情的雷池半步。

后来的故事便具有了戏剧性。一向做笨拙猎人的朋友，竟然被一个女孩死缠烂打般地追求起来。女孩的浪漫招数，比起他"葵花宝典"里的条目还要纷繁多姿。他在这样密不透风的追逐中，几乎招架不住。

周围的哥们儿皆羡慕于他，说，你小子是好了伤疤忘了痛，有这样的艳福，还不赶紧将女孩娶回家去，这样拖着，小心人家心冷转身。

朋友却一脸苦相，说，可惜，感动不是感情。说完了便心内惊悚，用力回忆，终于想起许久之前的那场"初恋"，自己曾经被人扔过同样一句。但怎么也没有想到，风水轮流转，轮到自己，竟也如此仓皇着想要逃离。犹如那只被发情公猫追赶着的，处心积虑想要逃走的母猫。

那一刻，朋友终于明白了，感动与感情，尽管只有一字之差，却原来是这般爱恨痴缠的不同模样。

文/倪好

你可以习惯付出，但别忘了为自己而活

无论职场还是感情，要替别人着想，但为自己活着。

——舒仪

身边的独生子女朋友们忙着给自己的孩子生一个弟弟或者妹妹做伴的时候，我坚定地奉行只要一个孩子的原则。因为，我不想让女儿像多子女家庭长大的我一样，在出生之际，就被父母赋予了照顾弟弟的重任，甚至因此连自己的人生也无法自由地支配，时不时地就要被娇宠之下始终不能成器的弟弟绊住，并因他种种合理不合理的要求而增添俗世的烦恼。

而和我一样，生活在多子女家庭，被要求只能付出不求索取的一些朋友，也在重压之下，犹犹豫豫，终于还是掐掉了再生一个孩子的梦想。

我的母亲，从小就给我和姐姐一遍又一遍讲述的经典故事是：东村的某个女人在出嫁后，油盐都舍不得吃，一心一意地省钱，只为给两个弟弟各盖一栋大瓦房，那女人也果真实现了这样的理想，并成为八九十年代小镇上的传奇。

而西村的某个女人，则为了哥哥和弟弟放弃学业，外出打工供他们读书，并为了一笔丰厚的可以接济家里的彩礼，嫁给了一个有某种缺陷的男人……

每次听到这样的故事，我都会想，这些被人当成榜样赞颂的女人，她们自己的人生到底是不是幸福的？难道，她们对无法支配的人生真的从未有过怨言？

多年以后，我的一个80后朋友又重复了第一个女人的故事。只因她的母亲用筷子在饭桌上画了一个圈，让她这辈子都不要走出生长的地方，研究生毕业后，她就丢下在海边城市有着稳定工作的男友，回到了故乡。而深爱她的男友，也不得不离开海边，并在陌生的城市重新开始寻找工作。

那是她人生中最艰难的时刻，在一个事业单位整整等了两年，才转为正式编制，而她的男友则没有这么幸运，一直处在失业当中，并因他们意外到来的孩子在家当了三年的奶爸。尽管一家三口只靠她一个人的工资为生，她还在困窘中操持着两个弟弟的婚事，并为他们一次次地求人寻找工作。

我问她：为什么一定要回去呢？你明明知道回去就是一生摆脱不掉的负累，就再也没有了自己可以自由选择的人生。她一声叹息：你不觉得我们做姐姐的，一生下来就是为了弟弟们而活的吗？我们哪有什么权利支配自己的人生呢？

是的，像很多没有兄弟姐妹的 80 后、90 后一样，放肆任性地辞职、创业，或者旅行，对于我们这样多子女家庭出生的人，不过是一个奢侈得让人惆怅的梦想罢了。我们的生命本身不是独属于自己的，在我们刚刚出生的时候，就已经被父母安排好了未来的路途。

就像我的母亲常常提醒我和姐姐，要在弟弟结婚的时候，一个负责出钱，一个负责出力。兄弟姐妹本是同一个枝干上坠落到人间的果实，却因为父母这样功利性的安排，而在彼此的心里植下了叛逆的种子。

即便知晓这样的帮助是出于血缘，是外人眼里的相亲相爱，可是，如果这种相爱建立在牺牲彼此幸福，甚至完全不顾及个人生活的基础上，那么，从一个原点出发的兄弟姐妹也一定会在未来的某一天，因为某种现实的利益而陷入互相指责的悲伤中。

当有一天，我发现我和弟弟再也不能像年少时那样单纯地相处，我们无法跨越现实的泥淖，我没有那么多的能力，像父母期待的那样，源源不断地供给他物质的需求，我求遍了在故乡认识的所有熟悉的不熟悉的人，为他寻到的一份份工作，却因他自身的原因，毫不珍惜地一次次辞职的时候，我心底的无助与失落，比四处漂泊始终寻不到安稳之地的弟弟还要强烈。

每次打电话，我都不想和父母提及弟弟，因为每提及一次，就会让父母抱怨我多一分，似乎，他在这个社会上的种种不如意，他找不到好的工作，他没有生活费，他寻不到女朋友，他挣不到结婚的彩礼钱，都与我有关。而当初我毕业之后，一意孤行地跑至离家千里的城市工作，在父母和亲戚的眼中，也成了刻意的对于责任的逃避。

责任是什么呢？应该是主动地承担，而不是被动地给予吧？被迫承担的责任，是人生的负累，是千方百计想要摆脱的烦恼。而我们在这个世上奋斗的种种，不过是为了获得心灵的自由，为了能够让人生境界提升至懂得主动地施予爱，或者不过度地索取爱，并宽容兄弟姐妹之间的世俗恩怨。

而天底下做父母的，如果不能够成熟到让自己的孩子学会独立地成长，主动地给予和付出，并对所有的关爱心怀感恩，那么，按照自己所愿生下第二个孩子，并将某个孩子的命运，强加在另外一个孩子的身上，或许若干年之后，收获的不是亲密无间的子女间的情谊，而是亲人间相互指责、彼此埋怨的苦涩的情感。

为自己而活，自由不拘地支配自己的人生，并懂得爱与付出，这大约是我们所有人一生必修的功课。

文/菁菁

不忘初心，方得始终。

FAITHFUL TO YOUR HEART, FRUITFUL TO YOUR RESULT.

chapter3

THREE
即使生得平凡，
也要努力活得丰盛

- -

有些人即使相处一辈子，也终是陌路人；有些人即使擦肩而过，也会铭记终生。该离开的，总是留不住。你唯一能做的，就是努力活得丰盛，让曾经在一起的荡气回肠，成为平凡生活中永恒的美好。

有没有阳光温暖过卑微的你

即使最平凡的人，

也得要为他那个世界的存在而战斗。

——路遥

每天去电影学院回来，都会路过北京电影制片厂。我有时候会刻意地走辅路，这样便能与他们擦肩而过，闻到他们身上散发的味道。

他们是北京卑微的一群人。夜晚住晒不到阳光的地下室，白天则坐在北影厂门前的台阶上，从日出到日落，耐心又焦灼地等待着机会的降临。他们与劳动市场上等待被挑选的民工或者保姆们一样，渴盼着在某部电影里饰演一个小小的角色。

哪怕只是一个侧影、一具尸体、一双眼睛、一声叹息，或者被无情的剪辑师一剪刀下去，只剩半个臂膀。

他们在台阶上边期待着门口有某个导演出来，边无聊地打着哈欠，说着笑话，骂着粗话，或下一盘不知道有没有结局的象棋。他们衣着简朴，神情沧桑，像被风吹日晒，阳光下灰尘满面的石像。

他们之中有父亲、母亲、妻子、丈夫、儿子、女儿。他们为了几十块钱的一个群众角色，会疯狂地拥挤、争抢。但等待的漫长时间里，他们则会谈起家常，谈起困顿艰难的生活。这样的闲聊，于他们是一种比电影更温暖的慰藉吧！假若没有彼此的交流，不知道他们在这里，能够将对于电影的挚爱与对美好生活的期求坚持到多久。

有一天，我看到两个18岁左右的少年，他们躺倒在初春黄绿相间的草坪上，微闭着眼睛，看着头顶温暖阳光里，斜伸过灰墙的一株枣树瘦削光秃的枝干。我很想知道，那一刻，他们在风中微微晃动的梦里，有没有故乡另一株同样枝干虬曲的枣树？或者，是某个初恋时笑容甜美的女孩？

我看了他们许久，直到他们睁开眼睛朝我淡淡地瞥一眼，我才慌慌地一低头，走开去了。我突然觉得，我是如此的粗鲁，让人讨厌，以如此尖锐的视线，撕开他们不想让外人指点的斑驳的生活。

我想起在中关村一家电子产品店里看到的另外一个男孩，大约也是18岁吧，看到我经过，很温柔地喊我"姐姐"，又将我引至店中，倒水给我。我看一眼店内不多的相机样品，知道这样的店未必可靠，便打算转上一圈就找理由走人。

转至一款佳能的新款相机前时，我问，能给我介绍一下这款的功能吗？他忽然就红了脸，低声朝我道歉：对不起，姐姐，我，我是新来的，还不太懂，您先坐下等等，我们很专业的同事马上就过来为您讲解，好吗？

我看一眼这个头发还处在高中时代，没有被这个城市染成五颜六色的男孩，有一丝的心软，想，要不要留下来，看一看这款相机？但也就是片刻的犹豫，随即对于相机品质的追求还是战胜了我的不多的同情心。

我客气地向他道别，又撒谎说：有点儿事，一会儿再过来看看。他却是一下子被我弄慌了，低低地恳求我：姐姐，再坐一会儿，就一会儿，好吗？我们店里肯定有您喜欢的相机，即便是没有，也可以为您去别家调货的。

我也低了头，不敢看他的眼睛，疾步走出店门，直奔走廊尽头的电梯而去。而他，却不舍不弃地跟在我的后面，一声声地喊我姐姐。他的恳请，不是别家店里那种近乎地痞似的大声喊叫与拦截，他只是那样喊着你"姐姐"，并悄无声息地一路跟着，像路边的一只小猫，或者小狗。

电梯终于开了，我快速地钻进去，门关上的那一刻，我看见站在门外的他一脸的忧伤与失落，为没有将我这样一个潜在的顾客挽留住。

我看着电梯数字不断地变换，突然心中浮起一丝难过，我想起自己在外地打工的弟弟，是不是他也曾这样苦苦地求过一个顾客？是不是他的第一次与人交往，也曾想过以真诚而不是痞气换来他们的好感？当他走在不属于他的城市里，有没有过与这个男孩一样被人冷落的感伤？

忆起在北京的 798 艺术区看到过的一只纯种的波斯猫，很瘦，看来是被某个有钱的主人遗弃了的。我不知道它究竟悄无声息地在我身后跟了有多久。

我只知道，当我无意中回头，看到它在冰冷的傍晚被风吹起的脏兮兮的毛发，突然间心内就涌起无法抑制的悲伤。它曾经被人类无情地抛弃，可它还是因为昔日受到的一点儿好，而记得人的怀抱，并执拗地跟着我，渴盼我能将它领回家去。

我终究没有将这只流浪猫抱回去。我只是从路边的小店里买了一瓶酸奶，放在它的面前。它温顺地看我一眼，而后低头去喝酸奶，每喝几口，它就会停下来，蹭一蹭我的鞋子。它显然是饿极了，最终埋头像个婴儿一样香甜地啜饮着。而我，它寄希望于能将它收养的人，就在它低头的时候，悄悄走开。

我一直没有回头，但我却知道，背后是一双忧伤的眼睛，在一直望着我冷硬的脊背，不肯低头再喝那瓶带了同情也含了无情的酸奶。

这个城市的阳光，分给我们每个人一样的温度与热量。可是，当我走在路上，看见那些卑微的生命，看见他们在阳光下为了一份工作、一个角色、一杯牛奶，而向另外的生命乞求的时候，我总是希望，阳光会偏心一点儿，再偏心一点儿，一直到有足够的温暖，将他们同样具有尊严的生命温柔地环住。就像一双母亲的手臂，环住柔弱女儿的肩膀。

文/繁怡

悬浮的麦田，请将根扎入泥土

记住该记住的，忘记该忘记的。

改变能改变的，接受不能改变的。

——杰罗姆·大卫·塞林格

去年的这个时候，专科即将毕业的陈诺，已经开始穿梭在乡村与县城之间寻找工作。

陈诺是我90后的表弟，但出生时比我家境优越的他，却未能像我一样，借助高考和之后的考研、考博，从乡下走进城市。其实所谓的家境优越不过是因为他是独生子，家中的宠爱全给了他。可是，这又能怎样呢，而今的陈诺向我抱怨，那点宠爱反而不如给了我巨大动力的贫寒，更能劈开18岁以后的未来。

就比如找了一年工作的他，却依然处于一种半漂泊状态，就是因为再怎么宠爱他的父母亲朋，都没有能力帮他在县城或者乡镇，甚至是村里，找到一份能"蹲办公室"的工作。

"蹲办公室"是乡下人向往的最美好的职业，那意味着可以远离泥土里的劳作，不用守着已经不能够挣钱的一亩三分地为生，或者无须外出打工，没有任何保障地在城市里漂泊。陈诺在省外读的大学，所学专业是在县城基本"无用"的编辑出版。

因有写作兴趣而为他做出这一决定的表哥，为此一直受着全家人的指责和抱怨，因为没有帮他选一个有"技术含量"的专业，比如电焊，比如钳工，再比如物流。

如果说大学留给了他什么东西，那就是，他发现外面的世界并不如想象的那么美好，即便是挣两千块钱，刨去吃喝，也买不上房子，更成不了家，或许这是陈诺最深刻也最无助的体会。所以，去年临近毕业的时候陈诺找地方实习，对大学所在的省城连考虑也没有考虑，便直接回了家乡。

陈诺本以为专科生在县城或者乡镇能够被人"看得起"，可是他没有想到，现实比他想象的更为残酷。就在他报考村官的时候，才发现，省内对村干部学历的要求必须是本科。想起儿时年少气盛，他最瞧不起村干部们，觉得他们目光短浅，天天骄傲得要上天似的，却不知天外有天，人外有人。

而今，陈诺觉得他最瞧不起自己，因为竟然连成为让自己曾经不屑的人的资格都没有。县城公务员职位招考，面向专科生的

岗位原本就很少，而像他这样没有任何门路和关系的人，更别想
通过这个途径出人头地。所以他买了公务员考试的书，翻也没翻，
便锁进了抽屉。

　　有时候陈诺更希望自己没有读过书，这样他就能安下心来，
像父辈一样，将根基扎进麦田之中，闲时外出打工，或者在县城
做个小贩，忙时就回来收割庄稼。因为心放得很低，所以就不会
挑拣，只要能够挣钱，出力气又怕什么？

　　而今，他出去读过几年书，又可以畅通无阻地出入网络世界，
他的心便从乡下的泥土中拔出了一些，尽管沾着些泥土，可是，
那悬浮在空中看不到太远的未来又无法深入进泥土的空茫，却是
比父辈们更为辛苦。

　　他所学到的那点文化，让他的脸皮变得更薄，也更加地不舍
所谓的尊严。他很羡慕自己的一个表哥，没有读过什么书，却是
一副上天入地皆可的豪放劲，又是搞货运，又是跑长途，又是开
饭馆，又是开网吧。他却被一个学历和父母的期望束缚着，非要
找一个"蹲办公室"的体面工作不可，哪怕那办公室在他小时候
常跑进跑出的村委会里也好。

　　陈诺就是在这时候联系上了我，希望我能够依靠读书时的那
点关系，帮他先找个实习的地方，然后再看能否依靠自己的表现
让人家暂且用聘任制的形式留下他。

陈诺羡慕我说：还是你们 80 后日子好，现在都有了稳定的工作，甚至像你这样的还混成了副教授，成了社会的中流砥柱，要名声有名声，要收入有收入……人生如此，对于一个乡下走出去的人，怕是最美好的了。

他大约是记住了我回家过年时，总是被那些在乡镇或者县城工作的同学请客吃饭的"盛况"了，所以我在他的眼里俨然成了有能耐有关系，可以在县城呼风唤雨的成功人士。可是他不知道，我是一个凭借着读书跳出农门的人，那些在县城比学历更实用的关系与门路，我没有。即便有，也同他一样，脸皮薄到羞于求人。

可我还是出于亲戚关系，联系到一个在乡镇办公室工作的初中同学，让陈诺先以实习的名义进去。我为此快递了一大堆礼物给同学。但即便是如此，在一次饭局中，一个别的办公室的领导看到陌生的陈诺，还是当场批评了同学，问这究竟是谁，为何没有经过他的允许就随便进来实习？

陈诺当场红了脸，觉得孤立无援，晚上骑电动车回家，在没有路灯的乡间小路上，听着风嗖嗖地越过那些根基深厚的庄稼和树木，差一点儿就哭了。

和陈诺一起实习的还有另外两个同样是专科的毕业生。陈诺本以为三个人可以做伴，说说心里话，可是后来才发现，他们都是他强劲的对手，因为，他们背后所站的支持者，要么是村主任，要么是县城里某个部门的小领导。

只有他，专业比较接近文秘，大学比他们正规，文笔也比他们要好，后面站着的支持者却是我这样一个对乡镇人来说，没有多少"用处"的表姐。

陈诺在打扫了整整五个月的办公室之后，办公室主任明确地告诉他，唯一的指标给了村主任的儿子，所以他可以另寻他途了。陈诺这次是真的哭了，他在电话里说，他不甘心就这样败给一个村主任的儿子。我只能安慰他，天地之大，怎么就找不到一份工作？

陈诺苦笑，说：乡下的土地的确是大，如果拔掉庄稼，全部盖成楼房，估计能让中国的楼价下跌一半，可是对于他这样已经不会侍弄庄稼的新一代人，土地能留住楼房，却不肯给他一点儿生长的泥土，他是真心实意地想要在乡下扎下根去的，现实却残酷到不给他一点儿生存的泥土。

之后的陈诺慢慢断掉了"蹲办公室"的理想，开始像所有初高中就毕业回家的同学一样，务实地为了生活而寻找挣钱的路子。他在县城做过物流，当过超市售货员，还在镇上帮人运货，尽管这中间他也参加了县城公务员的考试，但很快就识趣地知道，那条路不属于自己。

他有时会听到村子里的人对他的一两句嘲讽，说他出去读书三年，到头来跟初中生学历的人一起争抢活干，早知如此，何必花钱呢？不如学个技术，像他一个做电焊的初中同学，在南方打工，据说一个月四五千元。

每次被这样的流言蜚语奚落，陈诺就安慰自己，即便一个月四五千元，又能怎样呢？结果还是要回乡，因为城市里的房子根本不属于他们。虽然乡下在他们的眼里，谋生的功能远远大于城市人眼中的审美价值，可是归根结底，这里是自己的家，尽管他是这块土地上悬浮着的麦田，可这样的悬浮至少不像在"北上广"那样，有失重一样的无助与孤独。

陈诺在QQ上给我留言说：这一年半在故乡寻找工作的经历，让他第一次意识到自己的位置，尤其是在这片乡村的位置。他不是报刊上渲染的个性十足的90后，尽管他染头发，也玩微博。他想，那些媒体炒得沸沸扬扬的80后和90后，大约只属于城市。

像他这样生于乡村，读于城市，但最终又不得不回归到乡村的90后，或许更像地里的瘪麦，高高的茎秆，以为有出人头地的骄傲，却因为没有饱满的果实，而被讲求实用的农民在还没有看到秋天的时候，就连根拔起，脱离了大地。如果连着一点儿泥土，或许可以在垄沟上继续活着；如果连泥土也没有，那么，大抵就被这片土地淘汰掉了。

　　我只能希望被从乡村里拔下半截的陈诺，将根基重新扎回泥土里去，继续务实地生活。他在拔根又回去的过程之中，曾经有过的挣扎与疼痛，或许像我这样"一帆风顺"的人，永远都无法体会。

文/瞳然

不忘初心，方得始终。

Faithful to your heart, fruitful to your result.

我想念着我的影子，犹如想念着一个朋友。我期待它重新回到我的身边，给我任何人都无法给予的灵魂的静谧与妥帖。

与你偶遇在孤单的旅程

谁不是别人故事中的路人甲？

同时谁不是你故事中的路人甲？

你的生命中谁不曾是路人甲？

——刘德华

因为工作与学习的原因，每个月我都会在北京和 J 城之间往返辗转。在路上，成为我生活的另一种常态。我已经习惯了坐在摇摇晃晃的 K45 次列车上，打开电脑，塞上耳机看电影。或者，将歌声放到最大，直至湮没了周围的喧嚣。而我的心，则随了寂寞的歌声，飞到窗外的旷野里去。

很多时候，我就是这样，明明在嘈杂的人群中，却刻意地将自己封闭在壳里，并常常将这壳中的世界看作朗朗的乾坤，并以为除此之外，便都是如火车穿越轨道一样单调乏味的声响。

我一度将这样的旅程当作一种负累，如果了无歌声，我几乎不知道该如何在拥挤的人群里挨过漫长的六个小时的车程。从晨起奔赴车站，这一天的时间几乎都交付给了这一段旅程；而它除了耗掉我宝贵的时间，什么都没有留下。

是的，我一直想要从这样频繁的旅程中索取些什么。直到有一天，我不经意间回头，发现原来最璀璨的那片花儿一直在自己身边；而我，却费尽心机地想要借助外力，远远地逃开。

是先遇到了那群新兵。他们背着统一的军绿色背包，在一个老兵的带领下，一路小跑，从车站入口处齐刷刷地站到检票口前。我当时正随了人群漫不经心地朝前走着，不经意间向左扭头，恰与一个一脸稚气的小兵对视。

他好奇地足足看了我有一分钟，才微笑着将头扭向检票口。他在看我什么呢？胸前名牌大学的校徽？散漫不经的视线？细细长长的耳机？抑或我的存在本身于他便是一种值得观望的风景？

那是我第一次亲历新兵的入伍。他们从四面八方的小城里聚拢来，彼此陌生，不知道新的队伍驻扎在何处，亦不知道谁会与自己住在一起，谁又会成为生死与共的战友。一切在他们心里都是远方地平线上的风景，那样的遥远，又如此的迷人。

从离开父母亲朋的那一刻，他们的心，便随了旅程一起上路。正是 18 岁的少年，一切都是新鲜，一切都是惶恐，步步都是未知的风景。而旅程中的一切，不仅仅是作为旅程，更为重要的是作为一种印记，嵌入了他们的青春，就像沙子嵌入贝壳，疼痛，却也必会在日后有闪烁的光华。

待那群素朴的新兵经过，我跟着人群挤上火车，在忙乱中，终于找到自己的位置，安顿下行李，一抬头，看到一个女孩正站在车窗外，努力地比画着什么。而我对面一个面容平凡衣着粗糙的女孩，则时而抬头视线躲闪地看向窗外，时而低头摘着劣质羽绒服上飞出的毛毛，或者衣角袖口处新起的难堪的毛球。

这是一个内向的女孩，看她臃肿的行李包，便知道她定是在北京的某个地方打工，但不知为何无功而返。而那送她的女孩，衣着干净，脸上又有刻意描画的妆容。

这是一场两个女孩间的告别。我猜测她们或许从同一个偏远的山村走出，只是在竞争激烈的北京，她们昔日的那份真情与悄无声息的时间一起，有了微妙的变化。其中的一个，在北京如一尾鱼，尽管也觉得渺茫无依，但有从沟渠到大海的快乐与欢欣；而另一个，终因无法适应北京的节奏，像一块多余的赘肉，被飞速行走的城市毫不留情地抛开去。

而这样的分别，当是尴尬又冰凉的。就像窗外干冷的空气，人走在其中，觉了无依靠，清冷孤单。

而就在我为这被北京丢下的女孩觉得凄凉的时候，窗外的女孩突然开始用力地在车窗上呵气，待其上有了一层朦胧的水汽，她快速地在玻璃上写道：到家后给我电话，注意安全，路上小心。

女孩的字写得有些稚嫩，但还是看得出，其中的每一个字都是认真的。

她将那些无言的不舍、牵挂、想念、怜惜，全都融汇到这行很快在冷风里消散的字里。她就这样飞速地写着，呵着，而后又写，又重新呵气。她告诉车内拘谨的女孩，要照顾好自己，有事给她电话，也要记得代她向阿姨问好。

对面的女孩努力地辨认着玻璃上反写的字，又在每一行字消失的时候，眼圈红了又红。隔着窗户，她始终没有开口说一句话，哪怕一句谢谢。她只是用手势比画着，告诉外面的女孩，不必送了，走吧。

当火车终于在20分钟后起程的时候，女孩又追着火车跑了一程。但很快，她和那些没有说出的话一起被远远抛在了后面。而就在此刻，我抬头看对面的女孩，她的眼泪在我的注视下"哗"的一下流了出来。我想，这段旅程给予她的，当是比在北京漂泊的时日还要长久、深刻，且再也难以忘记。

那一次北京到J城的旅途，我依然记得清晰，整个车厢被返乡的民工挤得了无空隙。推车卖福州鱼丸的服务员，需要花费许久才能艰难地走出一节车厢。而那些民工，因有同伴的陪同，言语便像炸开的烟花，肆无忌惮地喧哗，在半空里拥挤。我的耳朵被那些听不懂的方言充斥着，直至有被连根拔起的苦痛。

那当然不是一次愉悦的旅程，窗外萧瑟寂寥，车内则混杂喧嚣。

而我却很奇怪的，从始至终都心怀感恩。

其实生命中那些长长短短的旅程，寂寞也罢，喧哗也好，其中的每一段都值得我们用力地感激，且深深地铭记。

因为，那么短的一程人生走过已属幸运，而能够在旅程之外看到爱与青春的影子，像窗外飞快退去的树木，一闪而过的溪流，沉默走远的山岚，谁又能说这不是生命刻意安置的另一种偶遇？

文/阿尔姗娜

生命里最初的一次动心

> 人生就是一场又一场的相遇，都是缘分，
> 没有好与坏，没有对与错。
>
> ——陈坤

多少年后，她靠在自家客厅的木椅上，有影子从心底掠过，仿佛燕尾惹着了湖面，眼底一层层渗出潮湿的东西。紫砂的杯子举在半空里，又一点点放下，茶凉了。阳台外，是黄梅季节的雨，香樟叶上，千万点地落，雨脚乱乱的。

黄昏从一把缎子的小团扇上漫过来，像一袭隐秘的晚潮，往事就那样给带出来了。

那时，17岁，穿塑料的白凉鞋，和带蓬蓬袖的连衣裙。胆小，腼腆，从不敢看男同学，至多一眼，然后慌忙逃开。

20世纪90年代初的学校，食堂是简陋的，吃饭是拿着白色

搪瓷的饭缸子，到台子前排队，难民一样的。女生只有一支队伍，而男生有四支，因为学校里男生较之于女生多得严重。每次排队时，邻近的那支男生队伍里，总有一个安静的男生和她一道，一寸寸随队伍往前移。

那个男生，她记得每次到食堂里打饭时，总看见他就站在食堂前的报亭下看报。可当她排队时，一扭头，他就在她左边排着队了，和她对齐。她打好饭菜，出食堂时，又发现他已经站在报亭下了。

久了，她开始留意起那个人，是很文雅的一个男生，鼻梁上架着一副眼镜，应该不是同届的新生。在豺狼一样的男生队伍里，他的安静和儒雅像盛夏院角的茉莉，不抢眼，却叫人暗暗地心喜。

有一次，她放学后逛街，回来得很迟，食堂快关门了，她拿了饭缸子飞一般地奔去。到了食堂门口，看见他在报亭下看报，手后面一个缸子，她想，他真勤奋，吃过了还在看报。透过报纸边角的橱窗玻璃，她迎面撞见他的目光，像峡谷底下的潭，朦胧而幽深。

空荡荡的食堂里只剩一个穿着白大褂的打饭师傅了，她走过去，打完饭，一扭头，他在她身后排着队。食堂的师傅夹七夹八地说着什么，似乎是把他们当成了一对早恋的学生，相约着出去疯玩，所以回来迟了。

　　她觉得莫名其妙，他也不向师傅做解释，只羞赧地笑笑，右手的食指抵抵鼻梁上的镜架。那晚她睡得很浅，她觉得怎么可能那么巧合呢，她想他是在等她的，在报亭下等她，不然他为什么不早早打饭，偏去挨打饭师傅的那一顿训呢？

　　她那样娇小清瘦，走碎碎的步子，披长长的发，穿白白的裙子，在校园的林荫道上，像一只粉蝶低低地飞，格外地引人注目。尽管她安静，和所有人都有着海一般的距离。

　　后来，很自然她收到了许多封来自高年级的男生的情书，那些男生在信里无一例外地亮出自己在校学生会里的职务、特长、成就……她私下里悄悄问过，写信的那些人里没有一个是他。她很失落，也许真的只是一场会错意的自作多情。

　　过了一个暑假，她已经读二年级了，并且有了一个不错的男朋友。他三年级，就快毕业了。有一天课间，他陪一个男同学到她前排同学面前借书，因为毕业班要在这学期把所有的文化课全部复习考核通过，下学期就是实习了。

　　前排和他们说着，空气里仿佛有几丝离别的叹息在游移，像茶到腹中残留在齿间的苦，逮不着，但感觉得到。忽然，他折过身，含笑对她说，我去过你住的那个镇子。就是今年的暑假，坐船一路打听，就到了。船过了一个古怪有趣的桥洞，就到了你家门后，还听见了琵琶曲，不知道是谁家的录音机里流出来的。那真是一

个好地方，像姑苏老街，人在船上，岸上是人家、街铺……难怪
总觉得你像苏州的茉莉。

她心里惊，茉莉？那曾是她在内心里给他的比喻。他不知道
她此刻是夜幕下的大海，暗流澎湃，拼命遮掩。他说，回去的时候，
月亮已经很高很高了，幽怨的琵琶曲一截截传到湖面，他想起了
张继的《枫桥夜泊》……

那一天，她不记得怎么才挨到了晚上。晚上，她躺在上铺，
隔着湖水蓝的帐子，看窗外的朦胧月色，有一点点的泪。是叶芝
的诗：多少人爱你青春欢畅的时辰，爱慕你的美丽，假意或真心，
只有一个人爱你那朝圣者的灵魂，爱你衰老的脸上痛苦的皱纹……
是呵，那么多的男孩子写情书表达爱慕，试图从纸上径直走
进她的心里。只有他，冒着酷暑，荡着船，绕过十八道弯，寻找
她和她的小镇;只有他，如此喜欢着她小镇里的小河、岸柳、石桥、
桥下的月亮、空气里悠扬的音乐……
她不知道，此刻该喜悦，还是该悲哀。仿佛在苏州，在小桥
流水的街角，她走过，却没有看见他;她远远地回头，他从灯火
阑珊处走来。是一路，但到底没赶上。

过了年，他们就准备毕业了。他的班上搞毕业联欢，她的前
排拉她去凑热闹，做台下观众。节目快结束的时候，他上台，说

是献首歌给弟妹班的同学。那是一首《姑苏行》：

> 第一次遇见了你
>
> 是在那姑苏城里
>
> 小桥流水　船儿涟漪
>
> 岸上的有情人相偎又相依
>
> 第一次遇见了你
>
> 像是在我的梦里
>
> 蒙蒙细雨　月落乌啼
>
> 那是我一生最美丽的回忆
>
> 幽幽曲笛声
>
> 应着窃窃琵琶语……

歌毕，全场掌声轰然，仿佛月亮从清水里浮起，她的心里那样透亮地浮起两句：幽幽曲笛声，应着窃窃琵琶语。

多少年后，她这样坐在黄昏里，摇着缎子的小团扇，想起他提过的那首《枫桥夜泊》：姑苏城外寒山寺，夜半钟声到客船。此刻，她只觉得时空恍惚，岁月的河流上，她已经是中年的客，在远离姑苏城的小楼上，听寂寂的黄梅雨。

初心，就是生命里最初的一次动心吧！多少次，她被好奇的读者缠着要她说自己的初恋男友——现在的爱人时，她的心底就又掠过那人的影子，匆匆的，像老电影里的一瞥。

只有她自己知道，她的初心是姑苏老城院角的茉莉，小小的，湿湿的，白白的，幽静地芬芳。并且，永远只是一朵茉莉，开过了，也就开过了，结不了果。

文/许冬林

爱到分离才相遇

如果还有来生，希望能再与你相遇，

哪怕是擦身而过。

——李宫俊

读书的时候，她与他都是戏曲学院京剧专业的台柱子，每有大型的演出，系里都要点名让他们参加。她的唱腔浑厚雄壮，人也长得有些结实，因此常常被挑去，演诸如佘太君、穆桂英之类的义气女子。

她每次都能将这些角色演到台下喝彩连连，甚至一向骄傲到目不斜视的他，也偶尔会在散场后来到后台，对着正卸妆的她淡淡说一句：唱得不错。她看着镜子里那个一脸油彩的丑丫头，还有背后转身去找那些漂亮女孩搭话的他，想在这一句温暖里低头微笑，却不知为什么，常常是眼泪早于那笑把油彩先冲淡了。

其实，她一直都想饰演一些如《挂画》中的叶含嫣之类的柔情女子，哪怕像《春闺梦》里无名的张氏也可以。可是，每次她一提出来，外人都会自上而下将她打量一番，笑道：这样惹人怜惜的角色，形似也很重要哦！

她的脸，不由得就红了；心里，也微微地疼，像是戏文里那些爱上一个书生，却终因自惭形秽而不敢相认的女子。她因此喜欢化了美丽的妆容后，在舞台上甩着长长的水袖，唱着"愿此生常相守怜我怜卿"，或者"去时陌上花似锦，今日楼头柳又青"。

当然台上只有她一个人，台下亦是空荡荡的木椅。没有人知道她这个秘密，连学校剧院的钥匙也无人知晓是她骗来后偷偷配了的。她在同学眼里，一向是个心底透明的女孩，但唯独在这件事上，她骗过了所有人，包括他。

他那时被许多女孩子吹捧，不仅戏唱得好，也略通武功，饰演《男杀四门》中的秦怀玉，演至高潮处，台下大胆的女孩子常会高声尖叫起来。那还是有些保守的 80 年代，但他还是因为英俊、才气，而成为校园里最耀眼的"武生"。

只要有他的演出，哪怕只饰演一个番兵番将，或是无足轻重的龙套，女生们也会蜂拥到剧院里去，在他上台时，疯狂地高喊他的名字。她在后台听见了，常会下意识地去看他换下来的衣服，它们依然乱七八糟地搭在椅背上，等着她去叠整齐。这又是一个秘密，她不肯与任何人分享的秘密，包括他。

在现实里，她永远无法接近高傲的他，他对她也是语言简洁到节省。常是一场戏闭，他下台来，撞见了正欲上台的她，问一句好，再多便是一声叮嘱：好好演。

他在大学四年只谈过一次无疾而终的爱情，之后便执着于功课，孤单行走。但她还是不敢靠近他，怕一近前，连那一句叮嘱的情谊他也不肯再给。她只希望，能有一次机会饰演他的妻子；不管这个角色里她是丑陋还是凶悍，她都会喜欢。

这个机会终于幸运地降临到她的身上。是一出叫《对花枪》的折子戏，剧中的男子罗艺，因一场战争，丢下妻儿在外地生根；40年后，其妻姜桂枝携儿孙来找忘恩负义的夫君，且执意要与他花枪对战；最终那罗艺服输，在他们的定情信物花枪面前长跪，求妻原谅他当年的自私。

为了这场演出，他们排练了足足有一个月，每次她心里充溢着的，都只有幸福。是的，甚至唱到"又悲又恨又羞又恼"时，她的眉眼里也有掩不住的羞涩与欣喜。那白蛇吐芯冷门枪投向他的时候，也是柔情似水的。

他并不说什么，只是在老师又来批她"貌不合神也离"的时候，低头捡起被她的花枪掀落在地的帽子，而后悄无声息地递给她一瓶水。她伸手接过来，指尖相触的那个瞬间，她的脸，红了。

她以为自己真的会带着"神离"的遗憾结束这场演出。是演到最后，她扶他起身，与他夫妻相认的那一刻，她的眼泪突然哗哗地流出来。她第一次抬头勇敢地去看他，将心内所有的泪水和秘密，一览无余地展示给他。

按程序他要携她下台，幕布也会徐徐合上。而他却毫无预兆地抬起手来，慢慢帮她拭掉脸上的泪水。她在台下疯狂的掌声里，惊诧地看向他。可是，她并没有寻到更多的东西。其实，寻到了又能怎样呢？因为，第二天他们就要毕业，各奔东西了。

此后她与他便断了联系，她只是从同学那里断续地得知他依然单身，许多女子主动向他示好，他却铁了心地一律回绝。甚至后来为了拒婚，与父母都闹翻了。

她在这样的消息里，时而惊喜，时而难过，直到有一年他们同学聚会，她作为发起人，给他写了一封很短的信，问他是否能去。

她一直盼到同学会过去了，也没有见到他的信来。她终于明白，他已经彻底地将她这个卑微的女子忘记了。

她很快地结婚生子，过最世俗的生活。只有在日益萧条的文工团了了糊口，辗转到各个地方，唱一出出戏的时候，她的心底才会在缤纷的戏服和油彩里，想起那些已逝的旧梦。

有一年，她们单位到他的城市里演出，她突然有了冲动，去他工作的文工团找他。他的单位，就在城市剧场的后面。

她从萧瑟的剧场中间穿过，突然就听到了《对花枪》里那熟悉的唱词。循声看过去，她一下子便呆住了。她看到他穿了鲜亮的戏服，拿了花枪，在空旷的舞台上坐着，独自悲唱。只是，他的裤管却是空的。

　　她喊他的名字，他侧过头来，静静地笑望着她，就像许多年前排练，她曾经那样笑望着他一样。而后，她听见他说：如果我们也能像这戏里一样是团圆的，多好。

　　她的眼泪再一次喷涌而出。她终于知道，她的那些夹杂了忧伤与欢喜的秘密，他全都懂得；她暗含了团聚之意的信笺，他也收到。只是，初时，他那样骄傲；后来，他又因为车祸如此自卑。而她与他的爱情，就在这样骄傲与自卑交织而成的岁月里，呼啸着擦肩而过。

文/明媚

不忘初心，方得始终。

Faithful to your heart, fruitful to your result.

总会有这样一些人，不会成为息息相通的朋友，亦不会变成剑拔弩张的敌人。

只是在心灵上彼此不屑，相互疏离。

当年我曾爱过你

> 不再思索，不再回忆，就让那曾经的美好
> 永远留在心底，不与现实接触，
> 不与真相触摸，给自己留一个美好，也给别人留一
> 份执念。

——耳根

《鲁豫有约——说出你的故事》，访亚洲知名魔术师刘谦，讲到对于一个魔术师来说最快乐的事，莫过于新奇的乐趣：

一次，全世界的顶级魔术师齐聚拉斯维加斯，某魔术师上台，表演了一个谁都不曾见过的节目，全场哑然。大家一时都搞不懂那个魔术的机关，台上的魔术师见到这种状况，便想讲出魔术的秘密所在。

孰料，台下的魔术师立即作鸟兽散，他们大喊："我们不听，天知道我们有多久没有被蒙在鼓里了，求求你成全我们这点好不

容易才遇到的乐趣吧！"

忽然想起一个姑娘的爱情故事。

她暗恋上了某个男生，按说这本是一件平常事。正是二八好年华，爱上谁或者被谁爱上，其实都是荷尔蒙的必然反应。正常的爱情无非好好享受便是了，而这个小姑娘却到了"衣带渐宽终不悔，为伊消得人憔悴"的境界。

说到底，不是爱得有多深刻，而是爱了却得不到响应的苦闷和忧伤。就像隔山喊话，习惯了空荡荡的回音，突然面对寂然无声的独角戏，心里憋屈得紧。

作为旁观者，大家心知肚明，爱的双方实力有多么悬殊。那男生喜欢卷心菜类型的女孩儿，而这个小姑娘却长成了黄瓜的姿态。所以，无论那小姑娘多么愁肠百结，大家从来不怂恿她去捅破那层窗户纸。有个念想在那儿摆着，暗恋也是一种寄托。一旦明目张胆地示好了，被拒绝的伤害可比单恋让人绝望多了。

可这小姑娘却已煎熬成一支张力满满的搭在弦上的箭，不期然间已经有了不得不发的阵势。终于，在一个月黑风高之夜，她将满腔柔肠蓦然摆到震惊不已的男生面前。

期望中的花好月圆自然没有实现，被拒绝了的女生一步三啼地杀回来，面目狰狞，从此与那男生有了不共戴天的仇恨。

好好的一段情，本可以开成一朵虚空中的花，兀自美丽在一个人的内心深处。可她却耐不住寂寞，执意将自己推到山穷水尽的地步。

怪谁?

从此,暗恋成为一支暗箭,扎在小姑娘的心上,整个大学时代,那个女孩儿再也没有开心过。

和她对照的,是另外一个同样长成黄瓜姿态的女生。

她亦暗恋那个男生,却一直引而不发,三缄其口。这种我爱你却和你无关的高贵姿态,让我们一班女生纷纷奉她为爱的楷模。

后来的后来,大学毕业,各奔东西。经年再见,这个女生已经有了贤良的夫婿。我笑着和她说起那些当年旧事,没想到,她对他有的竟是深深的感激:感激他成为一道风景,在懵懂的青春时光里,让她的花样情怀有的放矢。

看过一句话,"初恋时,我们不懂爱情",深以为然。心理年龄的幼齿决定了人在年少时往往看不透爱的真味。真正适合的人,往往在初恋之后的路上。所以,真正的幸福往往属于那些有耐心的人,有耐心隐藏,有耐心等待,有耐心一个人看烟花盛开再泯灭。

在不确定的情况下,将所爱的人蒙在鼓里,或者被所爱的人蒙在鼓里,其实是件异常幸运的事。

多年以后,当你说出,或者听到那句话——"当年我曾爱过你",那已经逝去的青葱岁月再度呼啸而至,笑着垂头或者仰首,对自己说一句:原来还有过这样的美丽。那一刻,心头是不是会有万千的姹紫嫣红迎风招展？

对于魔术师来说，人生需要意外和新奇。其实，对于你我来说，漫长的一生，如果处处都是一眼见底的清澈，那该是多么乏味的旅途！

所以，适当地把自己蒙在鼓里一回又如何？有朝一日你能跳出来，那会是恍然大悟的惊喜。如果一直都沉在坑里出不来，那种新奇和刺激，每每回味，都是初始的激动和心跳。

这就好比十年前埋下一颗种子，历经浩荡流光，不芽不腐，一直安稳如初，相比那些迅疾收割过的庄稼，是不是更有诱惑？

文/琴台

不忘初心，方得始终。

Faithful to your heart, fruitful to your result.

在爱情没有来临之前，我们缩在青春的壳里，

带着一脸寂寞的痘痘，孤单地行路。

爱情病人

> 我怀疑我心底什么地方，失去记忆与热情，
>
> 正绵绵地下着雪。
>
> ——黄碧云

去小剧场再次看孟京辉导演的话剧《恋爱的犀牛》，台上的总结说，A爱B，B爱C，C又爱D，而相爱的两个人，却注定要分离。

坐在身边的一对情侣，即刻在幽暗的光里惶恐地侧头，对视一眼，而后又若无其事地扭头去看台上激情相拥的演员。但我还是在这一秒的沉默里，窥到了身边的爱情，绽放时，花叶之上细如游丝的裂痕。

剧中，明明和马路对于爱情近乎病症般的执着，让他们在这个时代，几乎成为稀缺的花草。偶尔看到，你不会觉得珍惜，或者诧异，反而会对其"不合时宜"的绽放生出怜悯与同情。马路在这个时代，注定会被我们这些世俗中的人关进精神病院。他本

可以与我们一样，在拿到博士学位后，找一份好的工作，和一个可以过烟火日子的爱人结婚，而后等待着孩子，等待着晋级，等待着该有的和可能有的荣耀与地位。可是他偏偏为一个并不爱他的女孩痴傻地等待，并放弃了所有凡俗的光华。

想起一个读博士的朋友，曾经痴情地爱过一个来自贫穷山区的女孩。我们都以为，凭借他自身的能力，毕业之后，可以与女孩在这个城市里过上幸福的生活。

他可以去一个大学做一个老师。而她，则可以在某个单位谋一份文员的工作。房子车子与孩子，皆可以慢慢地来。

可是朋友的父亲却断然不同意他与女孩的结合。他带她回家，父亲拒绝与之见面。他不解，不知道如此漂亮可人的女孩，究竟哪儿不能入父亲的眼？

等到女孩离开，父亲这才对他谆谆教导，说，你一定要找一个对你的前程有切实帮助的女孩，要么她工作与你相当，不差上下；要么，她的父母亲朋有显赫的权势，能够在事业上助你一臂之力。

朋友就在这样的引导下，与父母安排的另外一个家世优越的女孩见面，并很快地走在了一起。女孩的父母果然在他毕业的时候，帮他寻到了一份好的归宿。

而之后的买房、结婚、评职称，他也一路走来，毫不费力。几年后我们再见，他俨然成了我们这一群人中最春风得意的一个，言谈举止中，全是上层人士的骄傲与自如。

有人在私下里问他，有没有想起过那个曾经与他爱得悱恻缠绵的女孩？他略略停顿，而后望向那不可知的远方，说，想又有什么用呢？生活，不是谈恋爱，所谓的甜蜜不过就是瞬间的感觉，过去之后，照例要为俗世奔波劳碌。所以，现实一点儿，才是一个男人成熟且心理健康正常的标志吧。

原来，耽于爱情，并为之离开正常的生活轨道，在这个时代，便会无情地将一个男人推进精神病症的手术室。就像《恋爱的犀牛》中，被俗世隔离的马路。

对于一些人，爱情是一种疾病，类似于发烧，或者感冒，一旦患上，整个人便会失去了方向般，头重脚轻，昏昏沉沉。而且所有的器官都迟钝起来，你只能闻到爱情的味道，哪怕是浅浅细细的一丝一缕。除此之外的一切味道声音与色彩，你皆可以视若无睹。

而对于另外一些人，爱情则是路边的一种可供欣赏的风景，任谁走过，都可以采摘下来，把玩一番，一旦到了要起程离去的时间，则能够毫无牵挂地将之弃掉，去追寻前方更美的景致。

我们中的大部分人都是那游客，不管怎样地向往，终究还是在爱情的前方拐了弯，绕到那条通达开阔的马路上去。而那通幽的小径，权且留给诗人们去吟唱吧。我们只需在洒满温暖阳光的落地窗前，读着被世人视为病人的诗人们，用一颗备受爱情折磨的心写下的诗句。

　　恰是这样和暖的阳光，洁净的空气，明亮的书房，开阔的落地窗，飘逸的窗帘，可以远眺的阳台，舒适的藤椅，让我们终于可以闭眼，想念那被我们丢落在开满鲜花小径上的爱情。

　　而就在这样的时刻，我们突然间发现，疾病一样的爱情，在这样拥挤热闹的生活里，已经晨露一样蒸发掉，且再也没有了踪影。

　　我们成了一个彻底的健康的俗世中的人。

文/静美

请给我灵魂的静谧与妥帖

你看不见真正的你，
而你所见的只是你的影子。

——泰戈尔

在初春的月亮下走路，常会看到自己的影子，不紧不慢地跟着我的脚步，穿过路灯的昏黄，经过一家即将打烊的花店，越过一片小小的树林，掠过一只机警的野猫，抚过在风里飞旋的落叶。我很轻很轻地走，犹如一只夜间出行的蚂蚁。我甚至不敢回头，怕我的影子受了惊吓，躲进某片灌木丛里，再也不肯陪我度过那孤单行路的夜晚。

年少的时候，那么害怕自己的影子。它不会吵闹，也不会说笑；它没有温度，也没有魂魄。它的存在，假若有意义，也只是提醒我，相比于别人闪耀的光环，和成群的朋友，我是卑微又落寞的。形影相怜，说得多么恰切。于是我试图摆脱，在光亮的地方飞快地走，或者沿着可以隐去影子的墙根，悄无声息地走。

我甚至祈祷，求影子不要再来追赶，我要走向那明亮华丽的前方，我要挤进热闹光鲜的人群，我要一切热浪般袭来的视线与关注。

可是我却一路孤独地，在青春的路上走了一程又一程，无人相伴，除了永不会开口说话的影子。记得那时曾经爱过一个人，很爱很爱，可是他并不知晓。我像一个影子跟在他的身后，注视着光芒四射的他在人群里穿梭来去。我知道他的一切，细致到他耳廓后一颗小小的痣，我都记得清晰。

我常常在放学的路上偷偷地跟着他，拐过一条又一条小巷，直到最后我跟丢了他。下雪天的时候，我会踩着他留在雪地上的脚印，一下一下，清晰无误。透过厚厚的鞋子，我却能够感触到他脚掌心的温度，是湿漉漉的，带着玉石一样的温润。当我踩着那些脚印，在纷飞的雪中行走，几乎有幸福的晕眩。

这样影子的角色，我做了三年，毕业后我们各走天涯，不曾再见；可是我却再也难忘，那些雪夜的灯光下，我跟在一个从未注意过自己的男生后面，怀揣着满满的幸福和希望，温暖走过的时光。

此后的许多年，为了俗世中人人都想得到的东西，奔波行走。

可是却渐渐在喧哗的人群中，守着那些只是拿来炫耀的荣光，觉得疲惫。它们给我带来了别人不可企及的光环，却也让我失去了曾经只有影子相伴而行的静寂与淡然。

我又开始找寻自己的影子，在寂静的夜晚，在一株树疏朗的枝干间，在路人倏忽而逝的柏油路上，在看得到点点灯光的高楼的阳台上。我想念着我的影子，犹如想念着一个失去音讯已久的朋友，或者爱人。我期待它重新回到我的身边，给我任何人都无法给予的灵魂的静谧与妥帖。

我在躁动不安中找了许久，也等了许久，它却迟迟不肯过来见我。直到初春的一个夜晚，我在将城市的噪声与尘埃一重重隔开的树林里，看到一棵高大的桐树。那株树已经枯萎了很久，它的枝杈在半空里，随了冷风，微微地颤动，不知是冷，还是因为惧怕与惶惑。

它的身边，偶尔会有一只野猫"嗖"一下穿过，即刻便不见了踪影。再或，一只飞鸟停驻片刻，终究觉得孤寒，振翅飞去。这是一株在生命气息浓郁的丛林中，寻不到丝毫复苏迹象的枯树。它的存在，在尘世间，似乎已经了无意义。

可是，就在我绕过它，打算离去的时候，突然看到了落在它身上的另一株大树的影子。那是一株生命力旺盛到已经顶着寒风，开始绽放出美丽花朵的桐树。它在月光下，散发着一种迷人的葱郁的光泽，而且带着桐花甜蜜芬芳的味道。

月光斜射下来，它挺拔的影子，就这样温柔地落在对面那株枯萎沉寂的树上，犹如一棵藤蔓，温柔地，爱怜地，忧伤地，缠绕依偎着它。

就在那一刻，我终于知道，原来影子也是有温度和灵魂的。它们穿越白日浮躁的尘埃，在有月光的冬日或者初春的夜晚，用这样无人知晓的方式，痴缠地守护着一株曾经有过风华的桐树。

就像年少时的我，曾那样热烈地、无悔地，做过一个男生的影子。

文/绿岫

有一种遇见，叫彼此不屑一顾

有些人与人相识，亦可以是花开花落般淡漠平然，

彼此长久的没有交集，只是知道有这么一个人存在。

——安意如

我与申相识的时候，彼此还是少年。那年申转学而来，听说是因为打架早恋被前一所学校开除了，但并没有费多大的力气，便倚靠做领导的父亲转到我们这所升学率很高的中学里来。

他一来，便做了我的同桌。我反应强烈，即刻找到老师，说无论如何也要把申从我旁边调走，否则自己宁肯站着听课。老师百般劝说，又道出其中秘密，说申的周围都是如我一样一心学习不爱废话的优秀学生，他即便想要说话，又有谁会理他呢？时间久了，他觉得无趣，自会终止一些不良的恶习，或许你们能够将他往好路上领也不一定呢。

我对老师的长远计划嗤之以鼻，我根本不相信那样一个斜眼

看人的"痞子"会"近朱者赤";当然,我们也不会"近墨者黑",是这点自信让我最终停止了上诉,回到原来的座位。

他显然对我这个戴一副黑框眼镜的优秀生同样不屑一顾。上课的时候看见我屡次举手回答问题,很显摆的样子,便撇撇嘴,鼻子里"哼"一声,像是一只苍蝇触到了鼻尖。如果我答对了,老师忍不住表扬我几句,他的眼角瞥瞥我神采飞扬的脸,随即便一脸懊丧地俯身趴到桌子上去,手很无聊地转起笔,在触到书本时,那笔发出轻微的不满的"啪啪"声。

如果我自信满满地站起来,慷慨激昂地发表了一通见解,老师却完全否定掉了,他则得意非凡起来,不住地扫视着我,眼睛里带着那么一点点的同情和惋惜。他显然很清楚这样的同情最能打击我的自尊和骄傲,那一道道射过来的视线,总是百发百中地,将我鼓胀的自负刺穿,空余一副疲沓的空壳。

而我,亦是如此。许多的老师对这样一个有背景的差生并不买账,他们看重的只是成绩,且认定,只有学习好的学生才能给他们带来切实的荣耀与光芒;至于申这样于升学率没有任何帮助的学生,多一个少一个,识与不识,是没有多大的区别的。

老师们在看到他"劣迹斑斑"的档案时,就已经在心里将他当成了一团隐匿的空气。我时常在老师们射过来的冷漠的视线里士气大振,似乎我无须费一兵一卒,便能将这个对手轻易打倒在地。我也会在课间十分钟借让老师讲题的机会,给企图在课下招摇的他抬手一个闷棍。

这只是小而又小的摩擦，像是高手过招前的热身，除了让我们更加地鄙视对方，并没有什么更大的作用。我一直以为，我们不过是在两条互不相干的路上走着的人，不论时光怎样流转，我们永远都不会相交。但还是有一次，两个人射出去的冷箭在半空擦着了彼此，迸射出冰冷刺眼的火焰。

那是在一次学期末的总结大会上，我作为优秀学生代表上去发言。而他，则作为劣生典型去做检讨。两个人在上下台擦肩而过的瞬间，他突然用肩头拦住我，说，放学后，在教室里等我。我没有理他，径直昂头走下去。

但是那天大会结束后，我还是丝毫不惧地留了下来。我想如果能用拳头了结我们之间隐形的恩怨，我很乐意奉陪。

随着教室里的人越来越少，我们之间的空气也愈来愈紧张，我几乎闻得见浓郁的火药味，蛇一样吐着芯子，游移过来。只需最后一个离开的人轻轻关上教室的门，一场恶战便会爆发。

可是，并没有刀光剑影。当最后一个学生转身出门的时候，他站了起来，拿起一只粉笔，在书桌的中间用力地画下一道线，然后将粉笔潇洒地朝后一丢，冷冷笑道：此后，我们谁都不必再丢白眼，各走各的路，各谋各的职，你有你骄傲的资本，我也有我得意的源泉。如果你非要拿你的标准鄙视我，那或许不久之后，我们也只能靠拳头解决。但是，我更希望的是，我们之间展开的是一场"非暴力不合作运动"。

他说到这里，为自己借用的这个历史词汇狡黠地笑了。而我也忍不住笑道：好啊，我们此后非暴力不合作。

我们至此成为不屑一顾的陌生人，再不关注彼此。他继续他吊儿郎当的生活，我则一心往那更高处飞翔。他依然时不时地惹是生非，依然与每一个优秀的学生形同仇人，但唯独将我完全丢进了生苔的阴湿的角落。

高三那一年，我们几乎没有说过一句话，班里的气氛始终沉闷，我连要好的朋友都懒得搭理，更不必说他这个被高考判了"无期徒刑"的差生。他早已经不再学习，每日来去，只是象征性地一个形式。

除了上课，他基本上不待在教室，他自有他的群落，听说，他跟每一个考学无望的学生都混得很好，彼此间称兄道弟，很是情投意合。但在我看来，那不过是难兄难弟罢了，过不了几天，他们这群落魄的"贵族"就会被高考哗一下冲散。

暴雨很快地来了又去，发榜那天，我在学校的操场上看到生龙活虎的一群，那领头最生猛的一个，正是申。我看着他在人群里跳上跳下，时不时地就被挡住看不见了，我们中间不过隔着几十米，但我却知道，那是咫尺天涯的距离，而且无法逾越。

听说，申在父亲的奔走下去了部队，并在那里学会了开车，技术超群，一个人在陡峭崎岖的山岭间驾驶，稳如平地。他依然一副桀骜不驯的模样，即便是如此严格的部队，也没有将他的锋芒全部磨掉。

我们从来没有在同学聚会上相见，对于申，我们这帮在大学里混得风生水起的优生，于他不过形同陌路。他，不过是我们相聚时一个偶尔提起的话题。

几年之后的一个傍晚，我在小城的某条喧闹的夜市上又看见了申。他在一个露天的餐馆前，与一帮人正大口地喝着扎啤。抬头的瞬间，我们的视线猝然相接。那一刻，我们谁都没有动，只是那样漠然地看着马路对面的彼此。就像许多年前，我们在空荡荡的教室里等待着人群走光，了结恩怨一样。

最终，还是申露出一个不屑一顾的微笑，然后淡淡地收回视线，继续与人饮酒。而我，就在那样的瞬间，知道时光再也不会给予我们相遇的机会。我们，永远都是两条路寂寞行走的旅者。

人生中，总会有这样一些人，不会成为息息相通的朋友，亦不会变成剑拔弩张的敌人。我们只是在心灵上彼此不屑，相互疏离。可是，能够路过，能够在别人提起的时候漫不经心地说一句"哦，这个人，知道的"，这样一种奇怪的缘分，像是一颗偶尔硌脚的石子，或者一株绊住我们的野草，对于丰富我们单调的旅程，或者平淡无趣的记忆，未必不是一件好事。

而一段旅程的意义，大抵就在这里。

文/美兰

不忘初心，方得始终。

FAITHFUL TO YOUR HEART, FRUITFUL TO YOUR RESULT.

chapter4

FOUR
让我们在安静中，
不慌不忙地坚强

我希望做一种不急不缓的决定，过一份不浮不躁的日子，在安静中，不慌不忙地坚强。生活就像抓在手里的沙子，抓得太紧，反而失去得太快。我可以慢慢等待，牢牢抓住，不卑不亢。

天真主义

天真的人，不代表没有见过世界的黑暗，

恰恰因为见到过，才知道天真的好。

——嘉倩

7岁的小表妹爱美，不仅与人比糖果的丰富，画书的多少，衣服的华美，还总在镜子前模特般摆出又冷又酷的姿态，与去串门子的人一争高低。大家都相让于她，并不跟她计较什么美丑，任她在镜子前站定片刻后，下个还是自己最美的定论，得意而去。

后来家里寄居了一个远房亲戚家的女孩，长表妹一岁，也是不甘人后的个性。于是两人经常争来抢去，在很多鸡毛蒜皮的小事上都不肯相让。大人常常对表妹谆谆教导，要与人为善，有主人的风范，不可与朋友斤斤计较。

表妹不懂主客之礼，自然也不理会大人的苦口婆心，依然是吃饭的时候跑着去坐自己可爱的小熊座位，用明黄的小碗和橘红的汤匙，还霸占着遥控器，看自己喜欢的动画片。

但小表妹还是有一个天生的缺陷，就是皮肤太黑，不管用什么东西涂抹，那黝黑，都透亮地将她整个人从上到下地敷着。她自然不知道这社会崇尚皮肤白皙的美女，也不懂得广告里天天做着广告的美白面膜与护肤品，对女人有多大的杀伤力。

但每次当她被亲戚家女孩得意扬扬地拉到镜子前，比谁的肤色更白的时候，她的自尊心都会像那腌了的黄瓜，刚刚还是顶花带刺的鲜嫩一条，瞬间便没了骨架，整个蔫了下去。

所以每每亲戚家女孩与小表妹争夺不过，便会拉了她朝镜子前一站，张扬道，来，我们比比谁长得白。只这么一句，小表妹的嚣张气焰即刻连点儿火星子也迸不出来，一路跌落下去，再也拾不起。

后来有一天，小表妹又被女孩拉去比白，见我在这儿，便哭哭啼啼，说女孩欺负她，明明知道比不过，还几次三番让她出丑。看着她黑得发亮的皮肤，我笑了笑，而后附在她的耳边，小声道，咱不跟她比白，咱今天跟她比黑，看谁黑过谁！

这一句果真有效，让小表妹即刻茅塞顿开，跳将起来，高傲地一甩额前碎发，便走到女孩面前，嚷道，今天咱们比谁黑！于是不由分说，便将女孩拉到镜子前，嘻嘻笑着掀起可爱的小肚兜，露出自己黑宝石般的小肚皮。

我在客厅，看着对面镜子里犹如清水里卧着的两块黑白分明鹅卵石的小女孩，一个天真嬉笑，一个任性翘唇，不由得扑哧笑出声来。

本以为小表妹此后会醒悟我这骗人的招数，知道还是白对人来得更加实用，于是继续深陷在那小烦恼里，走不出来。可是 7 岁的小表妹自此却执拗地认定黑也是一种骄人的资本，可以让自己将白皙的公主打败，并享受一下黑美人的华贵与骄傲。

她几乎是每有人去，便要将人拉至镜子前，炫耀似的与人比黑。并在鲜明的对比里，有打了胜仗的开怀。

这让我想起一次聚会，两个彼此熟识又彼此不屑的女子比拼，说到自己所穿的衣服牌子，一个坚持称国内的顶级品牌并不比国外的差，一个则傲慢宣称有品位的人从来都只选择国际路线。最后两人拼来比去，还是奉行国际主义者略胜一筹，以价格的优势，让国内主义者败了下风。

但是至此两人却交了恶似的，在公共场合互相拆台，彼此嘲讽，丝毫不会来点儿我家小表妹的天真主义，比谁的衣服质优价廉，或者谁更环保，或者爱国，并将此路线忠贞地一走到底。

人的成长，大约就是这样一个过程，逐渐地去除那些天真的傻气与稚气，不再执拗地坚持自己的路线，而是渐渐混入人群，犹如一滴水融入海洋，此后随波逐流，哪管什么个人的喜好，大众的、潮流的、昂贵的，便是时尚，便是衡量自身价值之圭臬。倘若有谁离了这路线，出了轨道，大抵都会遭人诟病与嘲笑。犹如我那因为比黑，而被大人们笑话一样屡次提及的小表妹。

而当我们蝉一样蜕去青涩的壳，那天真主义也便藏在童年枯干的壳里，成为回忆中一个烟灰色的笑料。

文/王苹

慢下来，美好才会舒展开来

时光若水，无言即大美。日子如莲，平凡即至雅。
品茶亦是修禅，无论在喧嚣红尘，还是处寂静山林，
都可以称为修行道场。

——白落梅

有一次逛店，看到一种饮茶的杯子，内里放了一种新式的器具。此器具状如旧时舀油的勺子，不过在勺子上加了一个盖；转开盖子，可以将茶叶倒入其中，合上之后，放入杯中，则茶叶不会上浮下沉，杯中的水犹如一瓶有了金黄茶色的饮料，你只需放心地喝，丝毫不必担心茶叶梗或者叶子会像往常那样，喝到口中去。

当然，更不必有昔日的烦恼，需要在漂着的一圈茶叶里左转右转，才能在杯口寻到一小片空地，吸溜着将芳香的一口茶喝下去。茶叶在暗箱里，不管怎样地发酵、膨胀、舒展，都无法逃出来，

阻塞你的嘴。

你可以专心致志地看一份报纸，赏一部精彩到不容你分心的电影，或者享受与人辩论的乐趣，且顺手拿起一旁的茶杯，像澄澈的饮料一样，一口喝上半杯。齿间留香，但再也没有这芳香的源头来扰你心神。

店里的小姐极力推荐，说，上班族用这样的杯子方便，既无须清理残余的茶叶，也无须费神口中的茶梗吐到何处去，连杯子清洗起来都不费时。我被说得动了心，兴冲冲买了一个回去。而后开始将喜欢的茉莉茶叶小心翼翼地装入暗箱，再放入杯中，便开始冲入烧开的沸水。

我习惯性地在看了一页文字之后，将第一遍水冲掉，可是我很快意识到，对于这样特殊的杯子，第一遍似乎不再多余，既然茶叶不再四散，那么其上附着的尘灰也自是在暗箱里逃逸不出的。我悻悻然地再次冲入沸水，而后便抱着靠枕倚在沙发上，悠闲地看起书来。

翻了几页之后，我放下书本，捧起杯子，打开盖，下意识地闭上眼睛，深吸一口气，我喜欢的茉莉花香徐徐飘溢过来，先自浸润了肺腑。但不知为何，那香气似乎有些淡了，好像被什么东西堵住了，飘散不出；只青烟一样，象征性地掠过鼻尖，便兀自散开了。

睁开眼睛，将嘴唇翘起，吁吁地吹着，吹了片刻才想起，杯中并没有茶叶，更没有绽放开来的茉莉，我只需要喝白水一样，大口吞下去就可了。唯一有区别的，就是白水里加了浅绿色，又附了让你找不到源泉的花香。一种新式的饮料，因了这一小小的暗箱豁然开启。

可是，当我喝完一杯又一杯的茶，当我翻完一本书最精彩的部分，当我伸伸懒腰，看着秋日投射进来的温暖的阳光，回味起每一个细节，我突然发觉，这个恬淡的午后似乎缺少了一种东西，从而让寂静流淌的时光时断时续的，再没有昔日的流畅。但究竟是什么，我却说不清楚，感觉里像一股氤氲的气，或者铺展开来的连天的荷叶，我站在其上，任心灵飞扬。

是到懒懒地起身，去倒茶叶的时候，打开暗箱，才看到蜷缩在其中的茶叶、茉莉、叶梗，它们在小小的角落里挤抱成一团，再没有了昔日尽力铺陈开来的飘逸姿态。而那朵白色的茉莉花，甚至没有来得及绽放，便被死寂地团团包裹住了。

我所看到的，不再是恣意的花朵与叶子，不再是生命的花团锦簇，而是暗黑的、没有飞翔便被废弃的一撮。它们在暗箱里，没有将生命展示给品茶的人，就萎缩掉了。

我突然有些感伤，为伴我读书的茉莉，为没有空间重生的茶叶，亦为这一段了无灵性的午后时光。

　　我依然记得那些品茶的日子，与自己的家人，或者朋友，将上好的茶拿出来，一个杯子一个杯子地逐一放入，再冲入炉上沸腾的热水，而后便在天南地北地闲聊中，等待茶叶涨开，花儿怒放。有时候我们会在茶中放入玫瑰，或者菊花，它们与茶叶纠缠着在杯中升起，宛如一场热烈的爱恋，徐徐地开启。

　　我与家人，喜欢数各自杯中的叶梗，而且固执地认定，当杯中有竖起的叶梗时，近日必会有亲戚来家做客。我们还会比试谁杯中的花儿更加妖娆，或者谁的杯中有完好无损形如小船的一片茶叶，能给自己载来好运。

　　我们还会在周末兴致勃勃地拥到朋友家中，借他的器具，喝程序烦琐的功夫茶。茶杯、茶壶都是用沉郁的紫砂做成，握住的时候，有泥土般瓷实的质感。主人有无限的耐性，将一壶茶由茶壶倒入茶碗，再由茶碗倒入小小的茶瓯，围坐一旁的客人，则用拇指与食指拈起其中的一个，浸入干渴的心田。

　　我始终怀念这样悠闲度过的一段段时光，它们带着茶香，携着盛开的花朵，悠然穿越我们被工作、物欲堵塞了的时日。

　　品茶，是一件最急不得的事情，只有一点点慢下来，我们想要的安然、静寂、恬淡与美好，才会如那杯中的茶叶，带着欣悦，舒展开来。或者，像那白色的花朵，悄无声息地，便将重重的花瓣绽放开来。

　　而人生，很多的时候，是需要我们这样慢下脚步的。固然你可以选择缤纷的饮料，畅饮而下，可是更能润泽心灵的，却是那天街上蒙蒙飘洒的小雨。它们或许要很长的时间，可是当雨停住，却浇灌出一片最适宜生长的沃土。

我愿意在忙碌与喧嚣中弃掉饮料，泡一壶功夫茶，慢慢地品，一直品到黄昏来敲我的门窗。

文/叶白

且将旧梦锁起，记得便已足够

总有一些时光，要在过去后，
才会发现它已深深刻在记忆中。

——桐华

很小的时候，被外出做工的父母丢在家里，常会觉得恐惧。觉得有飘来荡去的鬼魂出没在橱柜的阴影里、花盆的泥土枝杈中、老式八仙桌下纵横交错的蛛网间，或者是塞满了白菜土豆的黑洞洞的床底。

每当觉得害怕，我最常做的，就是躲到家里盛放衣服和棉被的橱子里去。那里是我最温暖的港湾，我躺在层层的棉被之上，一边嚼着甜甜的姜丝，一边听着外面的青石板街上杂沓琐碎的人声。我能够清晰地分辨出哪是父母的脚步，哪是隔壁谭阿姨哼的小曲。这些远远近近的声音，像傍晚洒满阳光的波纹，一漾一漾的，我便在其上睡着了。

偶尔会听到有陌生的人来敲门，问有没有人在家。我每次都会从梦中惊醒，吓出一身冷汗。但并不敢动，只是贴得橱柜愈发的紧，又用母亲的衣衫蒙了头，屏息凝神地听门外的动静，直到那急促的敲门声止住了，院子里再一次陷入天长地久般的寂静。而我，在原木的散淡清香里，又渐至回复到惊惧前的疏懒，沉沉地倒头睡去。

有时候父母回来四处寻不到我，发了急，而我却窝在柜子里暗自掩嘴嬉笑，直到母亲快要哭了，我才悄无声息地打开柜门，蹑手蹑脚地从背后抱住母亲，将她吓得大叫一声。

这个秘密母亲并不知道，我从没有告诉过她，我在橱柜里怎样放任着想象，将所有看过的、听来的故事杂糅在一起，创造出一个与齐天大圣一样能上天入地的精灵。更重要的是这个精灵可以给我安抚，伴我入梦，将那些独自一人的漫漫时光缩短、变淡，直至像我腮边的泪痕了无踪迹。

是的，我如此固执地喜欢橱柜里隐秘的时光，感觉时间在这里像是长了翼翅，飞一样便载我度过了孤单无助的时日。就连那些突如其来的造访者，猫在屋檐上诡异的叫声，风漫过树梢时寂寞的嘶鸣，天色渐暗时穿堂而过的老鼠，我都不必再怕。

不大的橱柜，足以将这所有的一切统统挡在门外。我只从橱柜的缝隙里便可以知道，外面的光淡下来了，人声亦不再鼎沸，而母亲也快要回来了。

　　我整个童年的记忆，似乎都与这个充满了好闻的樟脑香味的橱柜交织在一起。我记得我在其中嚼过的槟榔、磕过的瓜子、啃过的香瓜、翻过的小书。偶尔没有零食可吃，也无书可读，我会将机器轧好的长长的面条捏上一束，漫不经心地嚼上几个小时。那种咯吱咯吱的脆响，像是寂寞啃噬的老鼠，在记忆中长长久久地遗留下来。我甚至记得那些在其中做过的梦，彩色或者黑白，带着一股枣花的甜香和木质的纹理，影像般定格在年少的底片上。

　　那个橱柜是父亲亲手做成的。枣木很硬，要做成结实的家具，就要费很大的力气，经过很多道工序，所以父亲求过许多的木匠，都没有人愿意来做。最终，父亲选择了自己动手。

　　记得他砍枣树的那天清晨，我仰望着深秋里已经疏朗的枝干和上方明净的天空，突然觉得鼻子很酸，想着再也不能爬到树上，去尽情地找寻那些熟透的红枣，再也不能在八月的午后，将脖子仰得酸了，只盼着看那透亮的枣，在母亲挥舞的竹竿里，"啪啪"掉落下来，砸得我的脊背丝丝鲜明地疼。

　　但这些感伤，很快便被忙着解木、刨光的父亲的热情蒸发得无影无踪。我会碍手碍脚地帮父亲拉锯、烧火，或者只奉上自己不着边际的自言自语。父亲将枣木解成大板，放入大锅中沸水蒸煮了三天，然后码放在室内，让其慢慢地自然风干。

　　风干的过程持续了一整个冬天，最后我终于不耐烦了，父亲这才不慌不忙地用刨子一遍遍地打磨，直至那些细腻漂亮的花纹花儿一样,在院子里铺陈开来。我喜欢用手温柔地抚摸那些纹理,感觉竟像是丝绸,如此的滑润,那样的柔美,一寸寸,看得见昔日蜂飞蝶舞的粲然光阴,和那累累硕果时的喜悦时日。

父亲说,枣树是最让人钦佩的一种树,它们可以漫天遍野地生长,不挑旱涝,不计人爱。枣花酿出的蜜,是蜜中的上品;枣能实用,亦能酿酒;而坚实的枣木,则因虫不蛀、纹不裂、色极美,而成为旧时做车轮车轴的上上之选。拿来做家具,则实在是委屈了它。

我不明白,便问父亲,如此好的枣木,为何木匠们不愿意来做呢?父亲便笑,刮刮我的鼻子,说,只有像我们这样有耐心经历一道道繁杂工序的人,才能见到最后漂亮的衣橱呢!

衣橱完成的时候,已经是又一个秋天。我对其膜拜的一个仪式,便是躺在可以闻得见细细香气的衣橱里,微闭上眼,美美地睡了一个小觉。醒来时,我的头上已经挂满了五颜六色的衣服,它们像猎猎彩旗,在秋日的风里,将那一株枣树十几年的旧梦,扑啦啦地一一卷过。

后来我便离开了家,去了很多个地方,但不论走到哪里,我最先去买的,便是一个小小的橱柜。我买过可以折叠的塑料橱柜,散发着浓重油漆味又常常爬出小虫的木质橱柜,还有那种过不了一年便生出裂纹的拙劣橱柜。但不论我花多少钱,都再也买不到手工做成的橱柜的感觉。这个遗憾像是经年的旧习,天长地久的,便成了一个无法祛除的裂痕，深深地嵌入你的记忆，让你以为，它们从一开始就是长在那里的。

再后来，我也有了自己的家，我花费了近十万元来装修自己的房子，又买了与之匹配的昂贵的衣橱。我也曾经想把那个枣木的橱柜千里迢迢地搬到自己家来，以便将儿时的那个梦绵绵地延续下去。但招致包括父母在内的许多人的阻挡和奚落，他们皆说，多么土的样式，多么笨重的木头，现在还有谁像你一样，恋旧到如此不论和谐的地步？

我想了许久，终于忍痛放弃。或许，让那一个青烟缭绕的旧梦依旧锁在原木的清香里，方是最合适的缅怀的方式。只要我依然记得，记得那段将自己闭锁在柜中的时光，记得我所有的梦与爱恋，记得手工时代的朴质与忍耐，这就足够。

文/艾美丽

在指望中要喜乐

人生由淡淡的悲伤和淡淡的幸福组成，
在小小的期待、偶尔的兴奋和沉默的失望中度过每一天，
然后带着一种想说却又说不出来的"懂"，
做最后的转身离升。

——龙应台

"在指望中要喜乐"，说出这句话的哲人，当是对于人生有通达透彻的体悟，知道在漫漫长途中，我们更多的是活在那似乎没有边际的指望之中，因此要葆有喜乐，要用淡定平和之心去应对那孤独漫长的等待。

就像在爱情来临之前，我们缩在青春的壳里，带着一脸寂寞的痘痘，孤单地行路一样。

许多的指望，在最后皆会落空。但即便是早有预知，依然心

怀着淡淡的喜乐，一年年不知疲倦地度过，犹如蝉鸣之于短暂的夏日，或者水上朝生暮死的蜉蝣。

年少的时候，常常艳羡那些年轻的女子，哪怕并不貌美，却可以放肆妖娆。看露天的电影，总可以于黑暗中瞥见她们噼啪燃烧的欲望与激情。而那些被我视为美好禁地的柴草垛旁、密林深处、葡萄架下、芦苇丛里，则是她们生命最隐秘最绚烂的怒放之地。

我带着一种无法祛除的忧伤，看她们在外人的指点议论中，愈加地浓郁而且饱满，而我，这样长长的期待，究竟何时才能够结束？

在 20 岁可以为一份爱情而羞涩绽放之前的光阴，是淡青色的，宛若黎明前的天光。不去想是否会阴雨绵绵，等不来一日的春光，只是在窗前抬头祈望着，并在心里默默地祷告，希望会有一个男孩经过我的窗前，哪怕他并不看我，甚至如一阵风迅疾而过。可是，那随风而至的一缕淡漠的花香，却同样可以温暖卑微瘦弱的我。

我暗恋的那个男孩从未与我说过一句话，可是却在我的心里有最清晰的影子。就像一片云朵，倒映在清澈的溪中，我小心翼翼，轻划舟楫，怕荡漾的微波弄碎了他在我心底的模样。

爱情的底片上只有他一个人，但当我在暗夜里，于微黄的灯光下注视，却可以看得到自己青涩的容颜与他的糅合在一起，就像冬日里两只依偎着相互取暖的小兽。

当然知道一切都是我一个人的想象。想象与他一次次相遇、散步，相视而笑。

就连一片飘零的树叶中，也有一段柔软的故事。这样唯美又感伤的想象，只是一个遥远渺茫的梦，早知会醒来不再，依然不肯停息对他的想念与痴缠。

几年后各奔东西，果真是再无联系。那个只在梦中陪我度过了一程时光的男孩，晨雾一样，在阳光破云而出以前，便消散在不知何处的角落。那么长久的指望，在高考结束各奔东西的瞬间，便成为失望，曾经怀有的种种只有我才能知晓的喜乐，记录在日记中，亦落满了悲伤的尘埃。

我一度觉得耗尽了我整个青春的这一程暗恋了无意义。似乎春光漫漫，原本应该有更明亮的过往与回忆。

假若当初不对那份骄傲在上的爱情怀有希冀，像一切早熟安定的孩子寻那高处而去，那么或许也不会因此而误了学业，成为一个平凡的女子，任那高处仰望的爱情如一只大鸟，嗖一下飞离我的视线，且再也不会归来。

直到某一天，无意中看到这句话，"在指望中要喜乐"，方才彻悟，每一程光阴，不管它最终暗淡无光，还是柳暗花明，最重要的，原本是历经中的时光里，葆有喜乐，祛除悲伤。

人生中大半的指望，不过终是归于尘土，成为失望，但是假若因此便虚度一程，不抱喜悦，放任而为，那么行至终途，回身而望，不过是荒漠一片。

而在指望中喜乐，让这寂寞的人生因此多一些微小纯净的快乐，犹如茶中沉浮的花朵，溪中飞旋的叶片，空中划过的飞鸟，这样的静寂与喜悦于任何一程的行走，应当都是值得留恋的美好。

文/吉安

不忘初心，方得始终。

Faithful to your heart, fruitful to your result.

成长，大约就是这样一个过程，逐渐地祛除那些天真的傻气与稚气，不再执拗，犹如一滴水融入海洋，此后随波逐流。

向美好的旧日时光道歉

有珍惜的心，珍惜人情，珍惜一草一木，

社会，乃至世界的清明就较可期待。

——林清玄

　　美好的旧日时光渐行渐远。在我的稿纸上，它们是代表怅惘的省略的句点；在我的书架上，它们是那本装帧精美，却蒙了尘灰的诗集；在我的抽屉里，它们是那张每个人都在微笑的合影；在我的梦里，它们是我蒙眬中喊出的一个个名字；在我的口袋里，它们是一句句最贴心的箴言……

　　现在，我坐在深秋的藤椅里，它们就是纷纷坠落的叶子。我尽可能地去接住那些叶子，不想让时光把它们摔疼了。

　　这是我向它们道歉的唯一方式。

　　向纷纷远去的友人们道歉，我已经不知道一封信应该怎样开头，怎样结尾。更不知道，字里行间应该迈着怎样的步子；

向得而复失的一颗颗心道歉。我没有珍惜你们，唯有企盼上天眷顾我，让那一颗颗真诚的心失而复得；

向那些正在远去的老手艺道歉，我没能看过一场真正的皮影戏，没能找一个老木匠做一个碗柜，没能找老裁缝做一件袍子，没能找一个"剃头担子"剃一次头；

向美好的旧日时光道歉，因为我甚至没有时间怀念，连梦都被挤占了……

我们走得太快，与生命中的一些美丽景致擦肩而过。正如电影《大城小事》里面的一句台词：我们太快地相识，太快地接吻，太快地发生关系，然后又太快地厌倦对方。看来，都是快惹的祸！在这点上，老祖宗比我们有智慧，他们说，心急吃不了热豆腐。

旧日时光，尽管琐碎，却那般美好。

琐碎这样一个词仿佛让我看到这样一个老人，在异国他乡某个城市的下午，凝视着广场上淡然行走的白鸽，前生往事的一点一滴慢慢涌上心来：委屈、甜蜜、辛酸、光荣……所有的所有，在眼前就是一些琐碎的忧郁，却又透着香气。

其实生活中有很多让人愉悦的东西，它们就是那些散落在角落里的不起眼的碎片，那些暗香需要唤醒，需要传递。

就像两个人的幸福，可以很小，小到只是静静地坐在一起感受对方的气息；小到跟在他的身后踩着他的脚印一步步走下去；小到用她准备画图的硬币去猜正反面；小到一起坐在路边猜下一个走过这条路的会是男人还是女人……幸福的滋味，就像做饭一样，有咸，有甜，有苦，有辣，口味多多，只有自己体味得到。

但人性中也往往有这样的弱点：回忆是一个很奇怪的筛子，它留下的总是自己的好和别人的坏。所以免不了心浮气躁，以至于总想从镜子里看到自己十年后的模样。现在，十年后的自己又开始怀想十年前的模样了，因为在鬓角看见了零星的雪。

轻狂年少，恣意挥霍着彼此的情感，在无数个夜里，我为曾经的伤害而忏悔。经历了千山万水和种种磨难之后才知道，爱人才是最后一盏照耀我的灯。这最后一盏让我复活的灯，微弱却坚强地亮着，整个夜晚，让我的内心无比明亮，时时刻刻为我的灵魂指引方向。所以我留着那些忏悔的眼泪，用来换取明天通往幸福港湾的船票。

向美好的旧日时光道歉，因为我的不慎重，将你们失手打碎。从此我的心，变成无底的杯子。

向美好的旧日时光道歉，因为我的不珍惜，将你们丢在脑后。友情的树，爱情的花，一个孤零，一个凋落。

友人，如果你们听到了这些啰啰唆唆的话，请告诉我，这个周末的火炉旁，暖意融融，能饮一杯否？

爱人，如果你读到了这些絮絮叨叨的文字，请告诉我，停在你门前的那三匹马的车子，还能否载得回你的深情？

文/凉云断絮

以这样温柔的方式，历经彼此

> 光阴转瞬即逝，这些最单纯的瞬间，
> 却隽永地牢牢铭刻在我们心底。
>
> ——马克·李维

去一个朋友家，看她在喝一种叫决明子的茶。

茶包装在精美的小袋子里，上面写着：可以减肥、明目、清热、润肠、降压。朋友饶有兴趣地说起儿时常常看爸爸饮用这种茶，这种从药店里取来，煎炒而成的茶，因了其微凉微苦的香气，而在她的童年之中留下深深的印记。

她记得那时常常牵着爸爸的手，行走在夜晚城市安静的马路上，坐两站公交去药店取决明子。她还记得公交车上，一年到头都穿中山装的那位司机师傅。那个师傅的口袋里，还像爸爸一样别着一支"英雄"钢笔。

如果他没有坐在车上，而是走在马路的人群中，朋友会将他当作一个"文化人"。事实是，司机不认识几个字，托了层层关系，才来车站上班。

司机对有文化的人格外亲热，每次上车，总会与爸爸响亮地打一声招呼，说，林老师，坐好喽。每每这时，朋友也会跟着挺一挺胸脯，似乎因爸爸的荣耀，连带地让自己也有了光芒。

像有默契似的，药店总是等着朋友与爸爸来了才关门打烊。所以那盏在小小药店里的灯，也便温暖了朋友整个童年的记忆。

药店里的瘦猴子叔叔，总会提前将决明子和其他给妈妈煎服的中药装好，等着他们去拿。决明子装在塑料袋子里，朋友提着，走在路上，她会听见它们像小小的昆虫，在夜色里窸窸窣窣地唱歌。

有时候她会侧起耳朵，倾听它们的私语，哗啦哗啦，又像是溪水的流淌。有那么几次，她淘气，将它们甩来甩去，一不小心，便将它们全撒在马路上。于是在爸爸温柔的嗔怒里，她跪在地上，笑着将那些细小的宝贝全又收拢到袋子里去。

而今，朋友没有想到，她与身边的白领们竟然也开始喝起这种茶，而且还有一个流行的名字，叫"亮眼八宝茶"。只不过，他们皆是为了追逐减肥保健的时尚，而不像父辈们单纯为了治病。他们还尝试其他的茶饮，玫瑰、百合、芦荟、菊花等等。这些据说美容养颜减肥的东西，被他们全部拿来，泡在杯子里，日日啜饮着，犹如啜饮一杯伤感又气质高贵的咖啡。

当我好奇地将决明子倒入掌心，用指尖微微抚过的时候，20年前的时光，突然被这绿棕色菱方形的草药给唤醒了。

我想起的，是家乡的一种叫夜合草的植物。它们生在荒郊野外，或者路边墙根，甚至屋檐下。我去上学的路上，它们在沿途与我做伴。夏天的时候，它们会开出黄色的花朵，满山坡地看过去，犹如美人头上的花环。我有时会采摘下这些指甲一样小的花朵，戴在头上，或者别在耳边，而后等着人来夸赞。

这种植物伴随了我整个的童年，却并不是因为它们的花朵多么美丽或者妖娆，而是由于它们秋天的果实可以为我换来漂亮的发夹、鞋子、袜子，甚至是裙子。

每年秋天来到的时候，我放了学，便将书包一丢，提了大大的尼龙袋子疯跑出去，与村里大几岁的姐姐们沿着长长的河岸或者山坡，采摘夜合草的果实。它们的果实像是豆荚，细细长长的，包裹着其中小小的颗粒。

我有时候会将它们小心翼翼地剥开来，看一粒又一粒的种子拥挤在一起，在壳里婴儿般安睡的乖巧模样。

我们一路采摘过去，常常就走到了外村的领地上去，看到外村的牛羊、车马、田地。我觉得这样的出行使人兴奋、欣喜。我会飞奔在陌生的田间地头，惊异地看那些新鲜又让我慌乱的面孔。

我还会偷偷地在背后指点人家，如果那人不小心回头张望，则立刻像小老鼠一样，躲到姐姐们的背后去。而那些处在花季的姐姐们，则大胆得多，她们唱歌，歌声热烈又迷人，总会惹来路边男孩子们的嬉笑注视。

她们从来不像我一样胆小惧怕，她们戴上招摇的花环，一边采摘一边拿眼斜觑着那路过的男孩。听见他们"嘿"一声大叫，则会飞一个白眼，给他们一个骄傲华丽的转身。

这样的出行，我乐此不疲，不仅仅是因为回来将这些种子晒干了，拿到小镇上卖掉，可以换来让父母高兴的零钱，更重要的，是我可以飞进田野，做一株自由自在地仰望蓝天的夜合草。

我并不知道这些种子卖掉之后可以做什么。它们对于我来说，除了换来不多的零用钱，便再无其他的价值。而我的父母，有时候会将它们剥开来，装入布袋中，给我做成松软的枕头。

我每晚睡在其上，从不会考虑它的药用功效。我的梦里，永远是田野高远的天空，充满果实芳香的大地，明净的小溪，起伏的山岭，还有女孩子们纯美的笑脸。

而这样一种串起我整个童年的植物，我从来都没有想到，它还有另外一个名字，叫决明子。

我从朋友家回来，路过药店，去问一个中药的医师，他告诉我，"夜合草"不过是决明子众多名字中的一个。就像一个孩子，他一路走来，会因为乳名、学名、绰号、网名、笔名、艺名……而被不同的人，以这样那样的方式记住一样。

而决明子从荒野之中走进药店小小的柜台，这一个行程里，会不会像我的朋友，想起这个城市的马路、汽车、行人、影院？或者，像我一样，忆起麦田、蜂蝶、阳光、雨露、花草、农人？

我一直固执地认定，不管它们是在枕中，还是白领的杯中，梦里，总会有我奔跑的影子。因为，我们生命的最初，曾经以这样温柔的方式历经过彼此。

文/阿玉

草有千千结

我们趋行在人生这个亘古的旅途，在坎坷中奔跑，
在挫折里涅槃，忧愁缠满全身，痛苦飘洒一地。
我们累，却无从止歇；我们苦，却无法回避。

——马尔克斯

春属木。地性生草。

大地生草木，世上有乾坤。

草不管，小孩儿般睡醒了，揉揉眼，伸了个懒腰，探出了头。
一夜之间，发芽，冒尖，露了青，疯了长。风一吹，草就动，雨
洗春来，大地生动了，一片，一片，又一片。

田野里、山坡上、菜园子、路边、田埂、沟壑旁……甚至墙角、
石缝间、瓦楞上，小草随处可见。草色青青，春光皎皎，野草遍地。
伸手摘下一两茎青草，淡淡的草的清香扑面而来。不经意间，把
嫩白的草茎含在嘴里咀嚼，丝丝的甜味立马在口里蔓延开来，融

化一片。

有月光的夜晚，草垛是我们的好去处。爬上高高的草垛，双手叉腰，俯瞰一切，幸福和威武教我们立马长高，霎时真实。从草垛上时不时跳下来，向着大地飞翔，一次又一次，无比踏实。

我们一个个，像一粒粒滚落一地的果实，饱满而又欢畅。向下的飞翔，向上的生长，是我们一生真实和坚定的生活方式。所以，我们尽管也进入了这个浮泛的尘世，却一直不会迷失自己的方向和目标。

在故乡，我和伙伴们常爱靠在草垛上数着天上的星星。一颗星、两颗星、三颗星……星星向我们眨着眼，把我们美好的愿望带到了天上。很多时候，我们把自己埋在草垛里，撒手叉脚，呼呼大睡，做着我们的美梦。半夜了，鸡叫了，狗咬了，我们还是一个个不愿离去。我想，我们是不是早已把天地当家、草垛当房，把温暖的软绵绵的干草堆当作母亲温暖的怀抱了？

草垛高高，幸福的草垛高高在上，谁都想把它高高地垛起来。也许，只有在垛草的过程中，只有在草的密集里，只有在童年深处的秘密中，才能让人瞬间明白：没有那来自低处的一根根的青草，高处的幸福不会从天而降，温暖的怀抱只会没有着落。

稍大一些，农家的孩子就要挑起生活的重担。我记得，清晨起来割青草是我们一班"小把戏"每天必需的功课。一个个脚上沾了泥泞，眼睛里跑进露水，但我们却是那样的欢快，吹着口哨，脚步轻快，脸上灿烂如花。在弯曲的山路上迅跑如飞，眼睛发亮，挑着草色青青的地方，忽上忽下，忽左忽右，唰唰地挥起镰刀，一刀接一刀，一刀快似一刀。

那时，我有一个秘密，喜欢跟在草玉姐屁股后面去割青草。草玉姐含着叶笛，梳一根大辫子甩在脑后。上了山，极随意地挽成一个蓬松的蝴蝶状，顺手摘一朵山茶花，插在头发上，又嫩又润，绰约多姿。一件红花布上衣，又短，又窄，显得有些年月了，但红花鲜艳如初，白底洁净似新。

就是这件短瘦的红花布上衣，把个草玉姐的宽肩、丰胸、蜂腰和肥臀大大方方地显山露水。更妙处在草玉姐弯下身去，如狐般随镰刀挥舞，一步步地沿着绿色的斜坡往上边割去，往下边割来，推剪子一般。

草玉姐的腰身起伏摇曳，我停下镰刀，一动不动地凝望着草玉姐。有一回，不料草玉姐恰恰反过身来，我一怔，瞬即满脸绯红，慌慌地躬下身腰，一跳一跳的，跳出了草玉姐的视野。

草玉姐的美好，我一直定格在她割草的瞬间。后来，16岁的草玉姐被爹硬逼着嫁进了城里，是给一个瘫痪的吃"公家粮"的老男人做填房。自从草玉姐进城以后，就再也没见她回来过。只听说草玉姐和自己的丈夫、公公婆婆并不好，只听说草玉姐还惹了些风流事，只听说草玉姐在城里头见了村里的人总是躲着……

村里很多人就很是惋惜地说：是草命的人儿，不是金命、玉命的主儿。可惜了，玉碎了，心也碎了……尽管如此，我还是常常记起草玉姐割草的美好时刻和满山疯长着的野草。

风吹草低见牛羊，我一生都无法走出我的村庄。牛羊在青草的饲养中，喂得壮壮实实，敦敦厚厚。小草默默，牛羊默默，村庄也默默。村子里一辈一辈的人，冬去春来，默默地忙日忙夜，总是离不开草的怀抱。

草民，是对他们最贴切的称呼，也是他们最本质的特征，融合了他们最朴素的感情：春天，你好！小草，你早！草草草，宝宝宝；草草草，好好好。草民一生勤劳艰辛，草民的劲儿使也使不完，草民的力量无比强大，内心无比宽广和美好。

小草是卑微的，也是坚韧的。小草常被人践踏，却总是向上地生长。小草不计得失，朴实无华，真实简单，快乐幸福。

草根深深，草绳长长，人生路漫漫。搓得紧些再紧些，拴在村口的桃树上，拴在老宅的门环上，拴住善良无私的心，一辈子才不会走失人生。草绳似的黄土路，牵引着我们一回回回到故乡，回到我们的童年，回到我们的本真。

当我们像草籽一样四处飘散的时候，当我们像草灰一样成堆的时候，我不知道我还记得什么。也许，我只能沃土；也许，我还会生长。不过，这一切都不要紧，要紧的是我们像小草一般来过这个世界，深深扎进泥土里，贴土沾泥在大地上生长一遭，草一般地生活一生。

文/周伟

一抹忧伤抵达的月光

月光，你能否将我的梦魂带去，

放在离她三五尺的玉兰花枝上。

——徐志摩

　　我是在一个寂静秋天的夜晚，关了灯，从客厅到卧室的一小段距离，突然发现了很多年前，乡下的那抹月光。

　　其实那月光，在我的卧室里，已经流溢了许久。只是我一直以为，那是对面高楼上，某家定时开关的白炽灯投射到阳台上，又透过一扇门，照亮了床前安静憩息的一双鞋子。

　　是我无意中去阳台上看我种下的雏菊，有没有悄无声息地背着我，在夜色里偷偷绽放，一抬头，便看到了飘在两座高楼之间，那一轮温润迷人的月亮。

　　我这才注意到，自己踩着的那片清亮温柔的光，原来是许多年前，我在乡下迷恋不舍的月光。想要关闭阳台门的手，就这样倏然地停住。我在深秋傍晚伴着微弱虫鸣的凉风里，注视着那缓缓游动的月光，穿过阳台的绿纱，爬过雏菊含苞的花朵，游过雕花的窗棂，抚过卧室洁净的地毯、壁橱、床单、棉被，并最终在一面宽大的落地镜前好奇地停下。

我不知道如何才能一步就跨到床上去，从而将那片柔软透明的月光，完美地，留在绘有风情花朵的地毯上。最终，我选择脱掉鞋子，翘起脚跟，轻柔地，蹚过月光汇成的溪水。但我还是听到了水流的声音，看到溪水般明净清凉的月光，在我的脚踝处一圈圈地荡漾开去。

我的记忆，在涉过那片月光，回身去看的那个瞬间，便逆流而上，回到了许多年前，我嬉戏玩耍的乡间的夜晚。

我记得深秋的月光下，我穿着薄薄的小衫，奔跑在已经空旷的田地里，为将最后一车的玉米拉回家去晾晒的父母加油鼓劲。我当然是什么忙也帮不上的，甚至连玉米也剥不了几个，便在月亮安静注视下的玉米堆上，呼呼地睡去。

每每都是母亲喊我的乳名，让我起来喝熬好的玉米粥，我才睡眼惺忪地揉一揉眼睛，眯眼看一看梧桐树上吊着的那一轮饱满莹润的月亮，听一听角落里蟋蟀的鸣叫，这才哼哼唧唧地，在母亲不耐烦的训斥里，踩着被露水打湿的玉米，高一脚低一脚地，去吃因为困倦而忘记了滋味的粥饭。

乡下的月光是有轻盈的翅膀的，它从高高的烟囱飘到青灰的瓦上,又落在静默的灶台上,而后融入薄如蝉翼的霜中。它还有清冷的声音,细碎的,窃窃私语的,微凉的,似夜里母亲哄孩子睡去的小曲,或者路上夜行人清晰短促的呼吸。

再或影院散场之后,杂沓寂寞的脚步声。而月光的味道呢,当然是一盏茉莉茶的浅香,或者晚间青草的香气,细细的,一丝一缕的,经由那天地间安静的生命传递出来。

而今我在蒸笼般喧嚣巨大的城市里已经很多年,忆不起这乡下的月光。我一直以为,乡下的月光永远穿不透幽深的地铁,越不过林立的高楼,飞不进拥挤的公交,跨不进狭仄的楼道,更融不进日日奔波在路上无暇抬头看天的城市人的心中。

我从跨入城市立志在城市扎根的那天起,就不再有抬头看天上星辰的习惯。我要飞速地向前冲,我要赶上那些有房有车的人,我要为加薪提职而埋头苦干,我要将别人头上的光彩争抢到自己的身边。

况且,当我在下班后的路上,为沙丁鱼罐头般的车上一个歇脚的位置而眼神尖锐神经紧张的时候,我怎么可能透过窗户,看一眼被蛛网般密集的线路笼罩住的天空,并确认霓虹闪烁处,究竟有没有一片光亮是来自静谧的月光?

我将遗忘掉月光的缘由推给了给我金钱亦给我巨大压力的城市。我认定月亮不会光顾这片繁华魅惑的地带,我一心想着挣到足够的钱,而后去山水间找寻心灵的宁静,却唯独忘了如水的月光也必如潺潺的溪水一样，可以毫无阻碍地穿越山石、丛林、灌木、原野、峻岭。

当它抵达拥塞的城市，并没有因此而有丝毫的吝啬，照例将那清冷的光，蒲公英般温柔地落入每一个角落。它藏在公交飞旋的轮上，落在地铁出口处湿滑的台阶上，隐在下班后窗台那盆无人照管的水竹的叶间，停在一只流浪狗孤单的眼睛里，亦流进我入梦后安静的枕边。

只是，我的眼睛与心灵不是被喧哗的灯光充塞，就是被俗世的物质占满，唯独忘记了关上白亮的灯，祛除心灵的负累，在某个夜晚，倚在床头，看一看那悄悄潜入卧室的月光。

这样的月光，它从经年的隧道中穿梭而至，抵达我心中的时候，并没有忘记给我一抹年少时田野中奔跑，被我绊倒的一株玉米的忧伤。

文/林喜爱

穿着被我们遗弃的校服的父辈

寒夜热泪，薄衾难眠。依昔记得，阳光遍地。

孩子们的秋千，父辈们的背影，此情无关风月。

——渔圈

在一个小花园里，碰到一位散步的老人。他的脸上没有过多的悲喜，表情有些忧伤，经过那些穿着时尚的人，总会略带着艳羡，悄无声息地看上一眼。他的肌肤因为长年的劳作，犹如枯朽的树皮。而裹在瘦弱骨架上的那身独特的衣服，则将他与这个城市的格格不入衬托得愈发鲜明。

那是一身中学生的校服。我从侧面可以看见胸前写有"育才中学"几个小字。这显然是他读中学的孙子丢弃不穿的校服，他一生简朴惯了，看不得浪费，絮叨几句，便自己拾起来穿上了身。或许家人会觉得不妥，说他几句，他却置若罔闻，似乎这一身校服比儿子买的名牌西装更让他觉得舒适。

校服原来的主人当是一个热爱漫画的小男生，因为背后的空白处画着一对牵手的小人儿，亲密无间地依偎在一起，旁边飞出一行可爱的彩字：我要永远陪你在一起。想来老人的小孙子，一定是心里喜欢上了某个女孩，而且异常大胆地在校服上表露出来。而老人定是看不懂这些的，校服在他这里只是一件可以避寒的衣服，而且是一件不应该被弃置一旁浪费掉的衣服。

想起自己年少的时候最讨厌阔大难看的校服，没有别的学生的勇气，在校服上绘制自己喜欢的图案，或者写下信仰的格言，可以让校服变得另类　些；亦没有勇气跟父母要额外的钱，买喜欢的棉裙，所以只好每日委屈地穿着它，如一只被排挤走失的野猫一样，卑微地走来走去。

所以中学毕业的时候，几乎是蜕皮一样迫不及待地从校服里逃出来，且再也不去动它。而母亲却从此眷恋上了我的蓝白相间的校服。她穿着它下地劳作，外出买菜，在路上为一些琐事跟人争吵，或者因为疲惫在田间地头睡了过去。

有时候弟弟会笑话她，说她是我的校友，而且远比我对学校忠贞和热爱，可以将校服穿上几年而不厌倦。母亲总是笑笑，说：多好的衣服！结实，耐脏，穿起来从不会心疼，野生的一样，不娇贵。

可是我却因此有过自卑。记得是和母亲走在路上，与我的老师相遇。我很迅速地用老师的视线将母亲上下审视打量了一番，而后脸腾地红了。我第一次发现穿着校服的母亲在路人的眼里，犹如一个傻笨的学生，而且带着一股子乡野气。之前，校服在她的身上不过是一件勉强算得上得体的衣服，但在那一刻，我却窥见了校服的滑稽与尴尬。

我相信老师一定是看出了我的难堪，所以不过是简单寒暄了几句，便告辞走开。而母亲，却不知趣地追赶上来，絮叨着说：你们老师是不是不喜欢我呢，还是觉得我身上有汗臭味，怎么没说几句就走了呢？我飞快地在前面走着，不理会母亲，并将她落下很远。那种混合了卑微、羞耻和疼痛的少女的心思，如今依然清晰地在心里记着。

后来我走出了小城，并凭借着不息的努力可以挣钱给自己和家人买到名牌的衣服，可是始终未曾停止过劳作的母亲，却将我给她买的衣服锁进箱子，继续穿着校服，在小城嘈杂喧嚣的街道上走来走去。只是，这一次的校服是被刚刚读了大学的弟弟遗弃在家的。

在我所居住的繁华的都市里，我常常会瞥见那些穿校服的成人。他们拉着堆满水果的板车，骑着装满了货物的三轮，或者站在十字路口的大风中叫卖，再或夜色下为你端上一碗热气腾腾的馄饨。那些被他们的孩子扔掉的校服，裹着他们的身体，犹如秋天里裹着金黄外皮的玉米。

我知道这个城市里有很多像我一样的孩子，在明亮的高楼里行走。我也知道，当我们的翅膀掠过高高的枝头，却不会忘记将视线温柔又疼痛地抚过那大地上，穿着被我们遗弃的校服低头行走的父辈。

文/晴好

不忘初心，方得始终。

Faithful to your heart, fruitful to your result.

一片飘零的树叶中，也有一段柔软的故事。

不忘初心，方得始终。

FAITHFUL TO YOUR HEART, FRUITFUL TO YOUR RESULT.

chapte5

FIVE
被嘲笑过的梦想，
总有一天会让你闪闪发光

- -

我唯一锲而不舍，愿意以自己的生命去努力的，是
到达心灵最深处和梦一样的远方。既然选择了远
方，就只有奋力向前，即使遍体鳞伤，那些受过的
伤只会让我们更坚强。

一个人的足球场

自由的生活仍等待着伟大的灵魂去享用。

凡愈少占有的人，便愈不为物累，亦不为行役——

适度的贫乏是幸福的。

——尼采

母亲说城市的诱惑太多，以至于让我无暇两顾，荒废了学业。因此，在接到期末成绩通知单的当夜，她做了一个让我悔憾几年的决定——将我遣送回乡村老家的中学就读。

乡村的白天没有车轮滚滚的轰鸣，没有川流不息的车水马龙；乡村的黑夜亦没有绚烂夺目的霓虹灯和让人流连忘返的网络游戏。看着群山寂寥，一片尘沙无垠，我顿时放下年少的倔强，央求母亲带我回去。回到那个有高楼林立、有沿街小吃的城市。

母亲真狠了心，扔了一个学期的生活费和行李，便头也不回地走掉了。我收起汩汩的泪水，想要向所有人证明，即便没人管我，我也能坚强刚毅地活下去。

中学四面环山，唯一能让我们游乐的地方只是一个寸草不生的足球场。记得第一次兴高采烈地跟在同桌身后，满怀憧憬地奔入足球场时，我差点儿没哭出声来。没有网兜，没有绿草，没有界线，甚至连一个破落的球门都没有。

我目瞪口呆地问："这就是你们学校的足球场？"显然，我还未曾从城市的记忆中分离出来。

他咧嘴大笑："呵呵，是的啊，好大吧？来！我们一块儿踢球吧！"

足球场确实很大。它地处山洼之中，山洼就是它，它就是山洼，能不大吗？我转身向他摆摆手，耷拉着脑袋，一言不发地走掉了。

计算机课上，几十个人轮流抢用三台系统还是 Windows98 的畸形电脑，唯独我静坐旁然。

同桌出于善意恐吓我："要是下节课还不会打字，老师就会抽板子！"我耸耸肩膀，在一片哗然中将 Office 文档熟练地打开，把刚才同桌所说的话"噼里啪啦"地打在文档上。

他们说我是个传奇。我肚子里永远有说不完的新奇故事，像城市那盏永不会熄灭的探照灯一样，吸引着他们的眼球。于是，很快我便有了一帮无话不谈的好伙伴。他们原本很爱踢足球，可老见我在一旁寂寞地坐望着，索性都不踢了，噌噌地跑回来陪我。

同桌不会。他继续着他的游乐事业。他说，上课得专，下课得散。意思是想告诉我，上课的时候得专心听课，下课的时候就得拼了命玩。

我很喜欢足球，时常幻想在城市校园的操场上拉开阵势，于烈阳之下的一片欢呼中，踢得酣畅至极，大汗淋漓。可我知道，这终究是幻想。这里的足球场别说看台，狂风一过便尘埃漫天，黄沙滚滚，见不到人影。

每次课后，同桌都会在足球场上拉开嗓子叫唤我们，一面奋力踢球，一面朝我们挥手。我不作声，他们也不曾理会他。但这好像丝毫没有影响到他的激情，他照旧尽兴奔跑，自行传球，射门，欢呼。

老师的哨声一响，他仓皇地抱起足球，越过树林，奔入教室。而后气喘吁吁地问我："我叫你来跟我一起踢球，你怎么不来呢？我一个人踢得可开心了！"

每每此时，我都是摇头或者大笑。实不明白，是他太过于寡闻，没有见过真正的足球场，还是他真爱足球爱得那么癫狂？

不管怎样，我和其他伙伴没有一个人加入他的队伍。他们在我的带领下都向往着能节省些气力下来，去绿草如茵的真正的足球场上踢一局。

有人笑他是傻子，说一个人踢也能踢得那么开心。也有人说，那足球场就是他一个人的。的确，不论阴天还是晴天，只要条件允许，他都会去那黄土漫漫的空地上挥汗如雨。

一个周末的午后，我和伙伴们爬山归来，见他一人在山洼里忘乎所以地踢球。我们站在清风中笑他，用树枝扔他，嘘他，说他是傻瓜。

他生气地指着足球道："你们敢下来和我比一比吗？我天天练，你们谁能踢得比我远？"

没人理会他。有人撒开了声说："那是你一个人的足球场，你一个人踢吧！"

他不理会，继续歇斯底里地向我们下挑战。终于，有人忍不住了，嚷嚷着冲下山去，预备和他一决高低。

我们站在山上，哗啦啦摇着松树给他助威。可实力悬殊太大，下山那小子战败，落荒而逃。

瞬间，几十个伙伴笑骂着奔下山去，一一撸起裤腿找他比试……

那个云散风清的午后，我第一次感受到了足球蕴藏的真正快乐。而更让我为之动容的，是同桌那一份无所顾虑的恬淡与纯真。他让我彻底明白了，真正愉悦的心，在任何角落、任何场合，都能自得其乐。

文/一路开花

天使穿了我的衣裳

你需要付出的，只是心底里那点小小的温软，

从此坚硬如铁。

——江南

那个春天，她看到所有的枝头都开满了同样的花朵：微笑。

大院里的人们热情地和她打着招呼，问她有没有好听的故事，有没有好听的歌谣，她回报给人们灿烂的笑脸，忘却了自己瘸着的腿，感觉到自己快乐的心，仿佛要飞起来。

她感觉自己仿佛刚刚降临这个世界，一切都那么新鲜。流动着的空气，慢慢飘散的白云，耀眼的阳光，和善的脸。

她知道，这一切都是姐姐变戏法一样变出来的。一个阳光明媚的美丽世界。

她和姐姐是孪生姐妹，长得一模一样，唯一不同的地方就是

她是个"瘸子"。她怨恨上帝的不公平，怨恨一切，碗、杯子、花盆，所有她能触到的东西都是她的出气筒，她的世界越来越窄小，小得容不下任何关爱的眼神。

由于天生的残疾，走起路来不得不很夸张地一瘸一拐。如果这张脸不美也就罢了，上帝还偏偏让她生了如花的容颜。这两根丑陋的枝条怎么也无法配得上那朵娇艳的花朵，她总是这样评价她的双腿和她的脸，所以她很少走出屋子，更不敢来到大院。每天躲在家里，怕见人的孩子，惊恐地张望着外面的世界。

她给自己留了一扇窗子，可以看到外面的世界。看到健康的人，看到那些笔直的腿，看到那些漂亮的衣服，看到那些蹦蹦跳跳的快乐的身影，它们让她的悲伤更加浓烈，无法自拔。

生日的时候，仅仅比她大几分钟的姐姐送给她一件礼物：一个会跳舞的洋娃娃。她当时就把它扔到了一边，歇斯底里地喊："明知道我是个瘸子，还送给我这个能跳舞的东西，你是不是刺激我啊！"眼泪在姐姐的眼里打转，可姐姐却在不停地安慰她。她知道，姐姐很无辜。

她死活不肯去学校上学，父母只好节衣缩食，为她请了家教。学习的内容和学校里的课程同步。由于她的刻苦，学习成绩一直很好，每次和姐姐做相同的试卷，她都会比姐姐高出几分。每次考完，父母都会夸赞她一番，相反把姐姐训斥一顿，嫌姐姐在学校不用功，总是贪玩。这让她心里很平衡，下决心要好好学习，一定要用广博的知识来弥补自己身上的缺陷。

　　那个夏天，妈妈为她买了一件很漂亮的粉色套裙。她偷偷地穿上，感觉自己像一只翩翩欲飞的蝴蝶，只是不敢走动，怕她的丑陋显露无遗。她喜欢她的粉色套裙，爱极了那种灿烂的颜色，只是她依旧悲伤，哀叹自己是断了翅膀的蝴蝶。

　　所以她还是不敢走出屋子，每天对着镜子，悲伤地望着镜子中那只一动不动的蝴蝶。她用冷漠把自己制成了标本，一只凝固了的蝴蝶。

　　由于身子虚弱，每天中午她都必须补上一觉。可是最近，她总觉得睡不踏实，总有一种是梦非梦、恍恍惚惚的感觉。

　　那天中午，她在恍恍惚惚中听到有人蹑手蹑脚地进来，蒙眬中看到姐姐偷偷拿走了她的粉色套裙。她觉得好奇，想知道姐姐到底要做什么，便装着发出鼾声。

　　透过窗子，她看到姐姐穿起她的粉色套裙来到了大院。她尽力压制着心中的妒火，想看看姐姐到底在做什么把戏。

　　她看到姐姐热情地和每个人打着招呼，让她惊讶的是，姐姐竟然学着她一瘸一拐的样子走路，简直惟妙惟肖，让她感觉到那个人就是她自己。但她心里清清楚楚，纵使给她加了300吨油，也是没有勇气走到大院去的。

　　一连很多天，姐姐都会在中午趁她午睡的时候，来偷穿她的衣服。

　　有好几次她想揭穿她，但最后都强忍下去了。人都是爱美的，姐姐也不例外，况且姐姐的舞跳得那么好，应该有件好衣服来配她的，只是她不理解的是，为什么姐姐不好好走路，偏偏要学她的样子一瘸一拐的呢？

每天中午，她都会透过窗子看着姐姐一边帮奶奶们擦玻璃一边唱着动听的歌谣，一边帮婆婆们洗菜一边讲着她听来的笑话，逗得人们哈哈大笑。她不得不承认，姐姐才是真正的蝴蝶啊，姐姐让这个沉寂的大院春意盎然了起来。

这一切，她装作什么都不知道。

忽然有一天，姐姐对她说要带她到大院去走走。其实她的心一直是渴望出去的，像小鹿对于山林的渴望，像鸟对于蓝天的向往。整天闷在家里，空气仿佛都凝固了，让人透不过气来。她犹豫不决，姐姐却执拗得很，帮她穿上粉色的套裙，硬是架着她走出了房门。

那是个多好的春天啊！

她深深地呼吸着新鲜的空气，满眼都是绚烂的颜色。人们对她微笑，把好吃的、好玩的都争着抢着给她，她不明白为什么人们对她那么好，没有一点儿排斥和嘲弄，没有一点儿让人难堪的同情和怜悯，有的只是微笑，让人心旷神怡的微笑。

人们都说，有一个穿着粉色套裙、扎着两个小辫的活泼快乐的残疾小姑娘给他们带来了很多欢乐，她是这里的天使。

尽管她走起路来一瘸一拐的，左右摇晃，姿态滑稽而夸张，但所有的人都认为那是天使的舞蹈。

后来她知道了，姐姐学她的样子，是为了让人们能够接受她，姐姐只想让她走出那个晦暗发霉的屋子。所有人都把姐姐当成了她。

后来她知道了，那件粉色套裙是父母给姐姐买的，准备让她穿着去省里参加舞蹈大赛。可是姐姐说，让妹妹穿吧，到时候管妹妹借就行了。

后来她还知道了，每一次她们同时做试卷的时候，姐姐总是故意做错几道题，总是让她的分数比姐姐高，姐姐说那样妹妹会高兴。

"人们只当那个天使是我，其实不是，天使只是穿了我的衣服。"她在日记里写道，"感谢上帝，赐给一个天使来做我的姐姐。"

文/小榭飞花

在薄情的世界里深情地活

就像叶子从痛苦的蜷缩中要用力舒展一样，
人也要从不假思索的蒙昧里挣脱，这才是活着。

——柴静

今年初春，我满怀对文学的向往和憧憬来到北京，参加某作家进修班。时间像一只飞鸟倏地掠过，转眼到了分别的时刻。望着同学们相互道别，想到将回到原地，继续那庸常而平静的生活，我心中不免有些怅然。

离开之前，带着对北京的依恋，我又一次来到南锣鼓巷。沿着那古色古香的石板路，穿梭在喧哗的人群中，或许是我还沉浸在离别的愁绪中，觉得连空气都弥散着淡淡的忧伤。

不经意间的一回眸，我看到了她，一位坐在轮椅上的姑娘，白色的裙裾在风中飘飞。她神色平静，目光清澄如水，宛如一株不起眼的丁香花。面前摆着一个牌子，上面写着四个字：

　　我写的书

　　出于好奇心的驱动，我走上前去，拿起一本书轻轻翻阅。它是一部自传体小说，书名是《心的翅膀》，暗黄色的后页上赫然写道：

　　如果非要问我，到底为什么而写？
　　我会正襟危坐地告诉你：我只想留下点什么，留下一点我活着的见证。还有：希望那些拥有健康体魄和灵魂的人，在合上我的这本书以后，对生活会更感兴趣。

　　这几行字如温润的水滴，在我那颗被岁月打磨得冷硬的心上，溅起朵朵晶莹的水花。接着翻看下去，每篇像泉水一样潺潺流淌的文字，都是这位残疾女子的生命清唱。站在人潮汹涌的街头，我忽然间泪流满面。

　　我捧着书看了一会儿，抬头对她说："我要买这本书。"
　　"我给你签个名吧。"她轻轻地说。我翻开书的扉页，捧到她面前，她用嘴咬着左边的衣袖，用仅能活动的两根手指吃力地签上自己的名字：罗爱群。
　　望着她微微喘息的脸庞，我这才发现她的身体比预想的更糟糕。我无法想象，在一个个孤单的日子里，她是如何咬着牙，忍着痛，仅靠两根手指的力量书写生命中的爱与痛，以及生活的细微感动。

我看了书价，掏出 30 元钱递过去。正欲离去，只听她说："稍等一下。"声音里带着急促。她用弯曲的手指缓慢地从包里摸出一元钱，递到我的面前。看我迟疑着没有去接，她淡淡地说："这是找你的钱。"

这份近乎执拗的坚持，让我看到她柔弱外表下包裹着的那颗自尊自爱的心。我轻轻地俯下身拥抱着她，在她耳边小声地说："姑娘，我向你致敬！"

离开北京，回到了熟悉的小城，我偶尔还是会想起她，那个坐轮椅售书的女孩。有一天，无意中在百度上搜索到她，了解到她的一些经历，令我既吃惊又心疼。

自小患上小儿麻痹症，从没有上过一天学，却凭着对文学的痴迷，用文字书写着人生。那些文章是她趴在床上，用牙齿叼着袖子，借此来移动手臂，一字一句写出来的。每写一个字，都是对耐力和毅力的考验，她硬是坚持下来，并出版了三部文学作品。

在最美好的年纪，她曾遇到爱情，只是爱情打了个晃悠，又悄悄地溜走了。她伤心之余，想过结束自己的生命，可面对腕上留下的疤痕，善良的她选择了宽容。她说，我的记忆就像一张过滤的网，关于好的都留了下来，不好的都随着时间的推移，全部漏掉了。

为了能够早些自立，她试着开过小书店，最终以失败收场。其间她体会到世道的艰难、人情的冷暖，却宁愿坚信，如果不知道如何活着，就没有资格抱怨生命。

即使命运对她如此不公，她仍心怀柔软，布满阳光：因为体会到失学之痛，所以每卖出一本书，都抽出一元钱捐给贫困孩子；因为从小就很怕黑，所以甘做"爱心天使"，签下捐献眼角膜的志愿书，并发动身后捐献眼角膜万人签名活动……

我儿时患过同样的病，由于得到及时的治疗，很快康复了。几十年来，我可以自由地行走，心向往之，行必能至。相比之下我是何等的幸运，同时心里有些隐隐不安，仿佛我的人生走了捷径，而她却在泥泞中跋涉，走了那么久。

就在我对生活感到不满时，那个经历苦痛折磨，从逆境中爬起来的人，脸上淌着淡得像水一样的微笑。因为悲悯自己，进而悲悯他人。这是一种高贵的善良，无论遭遇过多少不幸，始终对世界怀以慈柔之心。

我心里生出几分懊悔，那个下午，在人群熙攘的街头，我应该停下脚步。站在一棵大树下，跟她聊一聊文学，聊一聊人生。

抑或什么都不说，翻着她的书，陪她坐上一会儿。

这么想来，我的眼前又闪现出她的身影。那个丁香一样的姑娘，心灵如花瓣般柔软，一瓣是阳光，一瓣是坚强，一瓣是善良，一瓣是感恩。像所有美好的植物一样，寂静生长，默然欢喜，在风中兀自开着，兀自香着。

文/小黑裙

葳蕤在心底的时刻

> 在生命的每一处，哪怕最最微小的转折处，
> 我都在心里热烈地盼望着奇迹的出现。
>
> ——陈丹燕

我的银行卡密码用了十几年，从未更换过。如果不是与那一串数字有关的朋友的重新出现，我几乎忘了那是为纪念我和朋友初次相识的日期而设立的。

我们是在远离故乡的异乡突然间偶遇时，才想起这个日期，并因为这样一个特殊的时间而感慨万千，想着时光终究还是有情，竟然在这么多年后，还能提醒我们曾经有过如此美好的相识。

我甚至还因此记起为了给朋友打一个电话，我要在公共电话亭边排上很久的队，并忍受着一个又一个女孩给远方的男友煲黏稠漫长的电话粥。而朋友也想起大雪纷飞中，他走长长的路，去邮局给我寄一封信时，心底满满的温暖。

　　其实，不过是一个普通的日子，如果不是因为成为密码而刻意地记住，这一天将会消失在无边的岁月中，最终被我们完全地忘记。恰恰是记住了，才忽然间如一粒种子，在我和朋友无意中再次相遇的时候，携带了饱满时光的种子，"啪"一下打开，并迅速地生长，唤醒心底所有沉睡的记忆，让我们重新看到那段生动美好又鲜活的过往。

　　我们的一生中，将会设置多少大大小小的纪念日呢？或许有时候连我们自己也记不清了。而每个人的生日，应该算是人生中的第一个纪念日吧。父母用这样的方式，纪念十月孕育的辛苦，和你降临到这个世间的幸福。

　　每年抵达这个日期的时候，你的父母会想起跟你的出生有关的一切，小到慌慌张张地去医院待产，担心还没有等到床位你就提前抵达时怎么办，到底是剖腹让你出来，还是忍受剧烈的疼痛，等你慢慢抵达；大到你名字最终谁来拍板决定，上手术台时你的父亲签字时的紧张，谁将伺候月子里你和母亲的生活，还有这几十年来，养育你究竟付出了多少辛苦。一个小小的生日，像是一个引线，几乎可以牵引出人生中所有的喜怒哀乐。

　　那一刻，生日不再是生日，而是一粒浓缩了生命精华的种子；不管你什么时候想起，不管有没有对这一日子记忆的失误，它都将成为对我们生命进行打磨和提纯的重要的、不可忽略的时刻。

　　即便某一天父母离开了这个世界，那些因为爱而设立的温暖的日期，依然会在我们的心里，长久地铭记。你第一次离开故乡前往外地读书的秋天，初恋时你与一个男孩牵手的夜晚，你取出人生中第一笔薪水的日子，你与爱人领到结婚证的秋天的黄昏，你生了一场大病却最终死里逃生、康复出院的春天，你的孩子降临到这个世界的某个清晨，你离开一个城市定居他处的某个寒冬。

所有这些日子，都在你的心里留下深刻的印记，以致每一年想起，要以跟家人或者朋友相聚聊天的方式，才能排解掉内心积压的对于过往的感慨、感激，或者哀愁。

是的，一个日子代表的，不只是时间本身。而我们所纪念的，也绝非那特定一天里的自己。时间所承载的，是孕育着爱与希望的一段时光，是在艰难中忽然间看到的一点儿火花燃烧时的欣喜，是对过往时光的留恋与不舍，是绝处逢生时对生命的感激，是内心不死的欲望与期待，是始终不肯舍弃的对于美好内心世界的不息追寻。

当然，你也可以将这些日子丢弃在波澜不惊的日常生活中，并慢慢将它们忘记，就像忘记无数个曾经让你心潮起伏的英雄的梦想一样。如此，你的人生就变得稀松平常，时间一天天流逝，你活在日复一日的庸常生活之中，忽然觉得疲惫不堪，犹如一直行走在隧道的黑暗中，期待的光芒，始终没有抵达。

直到某一天，你翻找抽屉，忽然间在角落里发现一件很多年前的旧物，那旧物尽管蒙上了尘埃，可是，却瞬间带你穿越重重时光，一下子回到某个热气腾腾的闷热的夏日傍晚。那一天，你收到大学的录取通知书，你的母亲走遍了大街小巷，只为让所有人都听到这样一个扑啦啦要飞出墙头的好消息。而你的父亲，则第一次对你显露出难得的温柔，将冰镇在井底的西瓜提上来，切一块最大的，递给了你。

一切都在那一刻流光溢彩起来。生命犹如隐匿在暗处的一株植物，忽然间遇到了阳光，一时间有些晕眩。你在这忽然忆起的某一个时日里，第一次发现自己的人生原来也曾这样茂盛葳蕤，生机勃勃。

你微微笑着，将这一天铭记在了心里。你知道你所纪念的，不只是一张薄薄的录取通知书。

文/芊芊

有些事，时间会告诉你

爱一个人就是在拨通电话时忽然不知道要说什么，
才知道原来只是想听听那熟悉的声音，
原来真正想拨通的，只是心底的一根弦。

——张晓风

她嫁给他的时候，刚刚 20 岁。而他，则比她的父亲还大了两岁。

这样的结合，当然绝少有人祝福。她的父亲，早已咆哮着与她断绝了关系。母亲忍不住，结婚的时候给她打了电话，人却是哭得说不出话来。他的两个孩子，不仅不来参加他的婚礼，路上碰见了，连招呼也不打。沐在爱河里的她和他，并没有觉出有多少的难过。

她照例顶着五彩缤纷的头发，背了绘有卡通熊的背包，啃着可以美容的嫩黄瓜，旁若无人地去上他的课。他是大学里出名的教授，她只是因为没考上理想的大学，任性地来这所学校做了一名服务生。他说要让她跟着他读到研究生，她也觉得闲着无事，于是开始来上他的课。

有一次，他讲到朱自清，提到那篇出名的《背影》，说父爱是一种长在血液里的东西，除非做父亲的不在人世了，否则他对自己孩子的爱永远都不会停息。

她听了，想起几乎是将自己打出家门的父亲，想起对无情的儿女也日渐冷淡下来的他，觉得这是谬论，或者口是心非。父爱怎能是与生俱来、相伴相生的呢？她固执地要打断他的话问个明白，而一向在课上都对她百依百顺的他，却头也没抬，便给她一句：时间会告诉你的。

回家后，他们第一次有了争吵。吵完了，这个像她父亲的男人便一个人待在书房里不再理她。她听见他在与谁打电话，小心翼翼的声音，像在哀求着什么。她偷偷拿起分机，听见他说：

孩子，你在学校里还好吗？爸爸很想你，真的，梦里都想。你又长胖了吧？别老想着减肥，女孩子胖点儿招人喜欢。最近你给你哥哥写信没？他胃不好，记着别让他吃太油太咸的东西。我又给你们卡上打了三千块钱，记着一定别太省俭，不够了打电话告诉我……

一直沉默不语的那端，突然一个很陌生的女孩开了口：叔叔，你以后有事直接打到隔壁去吧。别再记错了打给我们听啦，您一次说这么多话，让我们转告她也有点儿麻烦哦……

她一时有些茫然，在他的一声声"谢谢"里，才一下子恍悟：他原是用这种一次次故意打错的方式，让他的孩子们知道，做父亲的，不奢望他们的原谅，却希望他的这份深深的父爱他们能知道。

几天后她接到母亲的电话，说给她寄了最新鲜的桃子让她尝。她和母亲叽叽喳喳地谈一些琐事，却总感觉那边的呼吸时轻时重的有些奇怪。她便在呼吸又变重的时候突然地问：妈妈，您嗓子怎么了？那边熟悉又陌生的一声：嗯？她一下子呆住了，竟是父亲在那端听她的电话！

桃子是家里种的。她出生的时候正是桃花开的季节，父亲从别处移来一株小桃树，说要女儿照着漂亮的桃花长。转眼已是21年，桃树依然在院子里年年开出美丽的花，结出甜美的果，她却被父亲撵出了那个小院，再也不肯回去了。

特快寄来的桃子，依然是饱满鲜嫩的。她一个个地拣出来放在盘子里，捡到最后一个的时候，泪，一下子涌出来。那个最大最红的桃子上，刻了鲜红的几个字：小艾，21岁。

每年取一个最好的桃子刻上她的年龄，给她做"寿桃"，几乎成了父亲的一个习惯。再也没想到，这样一个习惯，在她无情地伤了父亲之后，做父亲的依然记着；且那么认真地将这份被时间沉淀下的爱，一如往昔地刻给她看。

　　她终于明白了他的那句话：时间会告诉你的。

　　真的，时间有情。

文/月亮

不忘初心，方得始终。

Faithful to your heart, fruitful to your result.

其实生活中有很多让人愉悦的东西，

它们就是那些散落在角落里的不起眼的碎片，那些暗香需要唤醒，需要传递。

岁月里，你沉淀下什么味道

与语言、外貌、情感或意志相比，
气味的说服力更大。

——帕特里·聚斯金德

几乎是每天，在公交上、地铁里、网络中、马路边，都会与数不清的人擦肩而过，如果无缘，此后我们再不会相识。其中的大多数都不过是路边的风景，经过便已忘记，他们在我的生命里，无色，无味，无形，除非是刻意，不过是瞬间，他们便化为模糊的一团，甚至连这样的一团也没有。

但也有时候，他们比任何一个我所熟识的朋友都更为清晰地印入我的生命，犹如水泥未干时，花瓣落下的痕迹，永久地存留下来。他们在时光的小道旁，撒下种子，而后悄无声息地成长，只等某一天，我在梦里与他们再次重逢，欣喜或者淡漠地一一辨识出他们的味道，清香，浅淡，刺鼻，俗艳，麻辣，或者质朴。

曾经在路边的报亭旁看到一个傍晚收工的年轻人，是个在街巷上做饼的青年，一辆三轮车，一口锅，一罐气，一袋面，一个钱盒，便是他全部的家当。他显然在北京闯荡了许久，对于报刊亭的老板也是熟悉。刚刚将车停住，老板便朝他喊，嘿，你要的杂志，今天终于来了！

这样一个头发蓬乱、衣服上沾满了面粉的年轻打工者，我猜想他所喜欢的杂志当是火车站旁经常出售的那些纯粹刺激感官的低劣报刊吧。但让我吃惊的是，他竟然拿了一本心灵小品类的杂志，而且那一期上恰恰有我刚刚发表的一篇文章。

我站在一旁看着这个风尘仆仆的年轻男人，想他在灯光昏暗的出租屋里，于周围人此起彼伏的划拳声、哈欠声和恶俗笑话中，连唇边的饭粒也来不及擦，便倚在床头，翻看起最新买来的杂志。

这样的夜晚，整个城市正在灯红酒绿中，沉醉迷离，有人吞云吐雾，有人酒吧买醉，有人迷失街头，唯独他用一本安静的杂志，将喧嚣屏蔽在心灵之外。或许，还没有家庭的他，也会在日后慢慢成为一个世俗的男人，但那一刻我还是愿意，将他异乡捧书夜读的安然看成一朵槐花，在农家的院里，在有月亮的夜晚，将朴实无华的香味传给哭啼不眠的孩子。

也常在网上闻到许多辛辣刺激且呛鼻的味道。记得一个热闹的漫画群里，有一个人看到新来的我，得意扬扬地将头凑过来，说，知道吗，我边玩边画，很轻松，一月便可挣到过万"银子"，而且是要有人一次次求我找我，才肯画的，不像你们写字的人，那么辛苦地熬夜，眼里熬出血丝来，还未必有人会用。

我在群里看着他跟一些新手傲慢地夸耀着，犹如一个打着饱嗝、财大气粗的商人，觥筹交错中，看得见镶嵌的金牙上韭菜的痕迹。

这样在人面前，将视线高傲扫过的人，我曾一次次地遇到。譬如在会议上，将别人的观点批得一无是处的某个专家；譬如MSN上，只肯用英语与我交流的在国外的某个镀金者；譬如心情不好，无缘无故地冲自己下属发脾气的领导；譬如有了一点儿成就，便自视甚高而不肯与比自己低的人闲聊的所谓名家。

当我与他们遇到，听见他们夸夸其谈，常常会下意识地想要掩鼻走开。我总是会从他们的身上，嗅到一股浓重的韭菜包子或者大蒜的味道。这样的味道，经由一个发酵许久的隔了夜的饱嗝打出来，愈加地不堪。

曾经在市区的公园里看到一对父女。那是周末清爽的早晨，女儿牵着父亲的手，默默地向前移动。父亲显然患过脑瘫，神情有些呆滞，但还是在女儿的牵引下一小步一小步地挪动着。周围是鸟语花香，而做女儿的，却只是注视着父亲的脚步。他们之间并没有语言，甚至在这样一个活力充沛的清晨，他们的出现显得有些略略不合时宜。

行了不过几十步，做父亲的便累了，不管女儿怎样哄劝，都孩子似的不肯再前进一步。30 多岁的女儿，就将随身携带的小板凳放在路边，让父亲坐下，而后她蹲下身去，为父亲脱下鞋子，轻轻地按摩着他的脚掌。这当是他们生活中最普通的一个镜头吧，但那一刻，我还是被这样一对父女深深地打动了。在那样一个几十种花竞相绽放的清晨，我却只闻得到茉莉的浅香，它们温柔地缭绕着，如一股溪水，浸润着我的心田。

我们每一个人，都曾与成千上万的人擦肩而过。我们将别人视作可逃或可亲的花香，而也必有人从我们身上闻到同样馥郁或者刺鼻的味道。而你，在人群中，于时光里，究竟想要沉淀出哪一种？

文/洁濡

原谅所有不体面的伤痕

不管怎样变迁荒芜，我以为，

有故乡的人仍然是幸运的。

——土家野夫

故乡对于一个人的意义，大约是一根一生都不会被剪断的脐带，爱也罢，恨也罢，它终归是连着自己的生命，你若是真的挣断，那种疼痛，或许终生无药可医。

许多年以前，还是少年的时候，一直想要挣脱掉故乡，我想尽办法，希望飞离它的怀抱。在很多人都抨击高考制度的时候，我却一直对助我远离故乡的高考心存感激。我那时是怎样热切地希望借助这唯一的渠道，彻底地离开乡村的呢？

我发奋到熬夜苦读，周末都可以在校不归；我还记得高考前累到病倒，打了吊瓶，并被老师树为苦读好学的典型。其实老师们都不知道，相比起我对乡村的厌倦，和对外面世界的向往，那一点儿身体的苦实在是无足轻重。

逃离故乡，也是逃离那时自卑的自己。

曾经让父亲从已经十几年没有回去过的乡下老房子里，将我少年时收藏的日记和照片用袋子背回。一点点翻看的时候，我依然只有对高考的感激，感激它像一艘有力的船，载着我，远离且小鸭一样左冲右突却找不到出路的少年时光，并驶至而今从容、平静、可以把握自己生命航程的宽阔水域。

每年暑假回家，总是又惧又怕：儿时被父母责骂四处躲避却终无藏身之地的恐慌；被乡人背后指指点点的手足无措；那些代表了生命中的伤痕与污渍的过往，它们从来都不曾随着时间的流逝而真正地消失。

它们就在某个小巷子里安静地站着，或者在某个发了胖的女人的嘴巴里藏着，再或在哪一个老房子的角落里隐藏着，只等着我再一次踏入故乡，雨后春笋般，"哗"一下全长出来，提醒我过往不堪的存在。

当然也有美好，我甚至不止一次在文字里怀念过故乡，只是，一切都历经了刻意的过滤和文字的渲染。

美好，只在心灵的想象之中，而故乡，也同样不再是那个我拼命想要逃离的，充满了琐碎的烦恼、无穷的眼泪与不尽的伤悲的所在。

我在千里之外的城市，常常从家人的口中听到那些永远摆脱不掉的亲戚熟人对我的评价。说我自私，之所以跑得这样遥远，不过是为了摆脱掉应尽的对于兄弟姐妹的义务与责任。在所有人都将我当成家中"中流砥柱"的时候，我却选择了逃避。

与其说我恐惧这样的重任，不如说我恐惧因此要与故乡不同的人产生这样那样的交集，甚至要求助于这些我一直在努力远离的人。

我总觉得故乡是一个知晓我一切秘密的人，我在它的面前没有隐私，也无法遮掩。有一年，一个朋友出于好意要开车送我回家，我当即紧张，并想尽了一切办法阻止朋友的相送。

我避开朋友，自己偷偷坐上拥挤的汽车的时候，看着窗外那条通往故乡的公路，终于知道我在惧怕什么，不过是不想让人窥到我的脾气暴躁的父母，他们经营的小之又小的生意，他们穿着毫不讲究的衣服，在菜市场上挑拣便宜菜时的斤斤计较，还有那从来就没有摆脱掉的鸡飞狗跳的世俗生活。

故乡，原来我走得再远，它始终记录着我最不体面的人生的瞬间。

但终究还是摆脱不掉。曾经为了我的始终不出息的弟弟能够在小城寻到一份工作，我重新与故乡形形色色的人开始了交往。是从这样复杂的人际交往开始，我重新认识了故乡，认识了在这个小城里，蛛网一样错综交织的人际关系，还有彼此排斥的圈子。我小心翼翼地在其中行走，试图不得罪任何一个。

我记得其中某个在各个圈子中说着好话的老好人，没有多少能力，却擅长恭维。记得50多岁的他，对年轻领导的点头哈腰，记得他总是坐在饭桌的一角拼命喝酒，却又总是得不到外人的尊重。我对他充满了悲悯与同情，就如同同情那时为了弟弟的工作，而不安地穿梭于各个饭局中的自己。

也有一些真诚的朋友，不能够对我有所帮忙，却可以在吃饭的时候不必拘谨到总是想着敬酒。我在他们身上看到故乡的质朴与热情。这样的热情，让我每次回乡，同样会生出惧怕，惧怕不胜负荷的饭局，惧怕根本无力偿还的盛情款待。惧怕他们在我走后，会细细揣摩我关于故乡的一切文字的内涵。

曾经乘坐一辆小城里的黑车，车主并没有因为无出租车证就四处躲闪，他甚至还买了一个假的出租车标识牌放在车顶。我问他怕不怕被人查到，他豪爽大笑：怕什么！都是左邻右舍，知根知底，怎么好意思嘛！

细问之下，这司机竟然与我家只隔了一个十字路口，临走他塞给母亲一张名片，让我们有事叫车，我看着制作粗糙的名片，还有车顶上歪歪斜斜的标识牌，第一次发觉，那些让我在外人面前百般想要遮掩的不体面的人生，原来并不只是我一个人有。

微博上每口都有不好的消息，被大量转发传播，我将这些消息讲给信息闭塞的父亲听。父亲却一直摇头，并很"中肯"地评价说："我还是觉得生活越过越好，你不记得以前小时候，你为了一个线轱辘做成的简陋玩具被你妈拿去用，绕着村子哭着'三过家门而不入'了吗？还有，以前带你交公粮的时候，买一根油条你都要兴奋好几天。现在咱们生活好得谁还吃地瓜干，谁还会为一根油条跑十几里路啊！"

没有文化的母亲也同样附和，她甚至还指着我脸上的疤痕，笑着说，那是磕在锅沿上留下的。我照照镜子，看着那个有些模糊的疤痕，没有说话。他们完全忘了父亲因为我摔碎了一个碗，而将锅沿上的我拉起，劈手扇下的一个巴掌的疼痛了。

只是，我一直以为一切的疼痛都不能够被云淡风轻地提及。却不承想，在我真正地远离故乡，飞得更高以后，那些不体面的过往，会在岁月的冲刷中慢慢模糊、淡化，并因为这样辽阔自由的飞翔，而开始原谅所有贫穷生活带来的不体面的伤痕。

文/安心

那些受过的伤，只会让我们更坚强

世界让我遍体鳞伤，

但伤口长出的却是翅膀。

——阿多尼斯

年少时最喜欢做的事，便是在知了没有蜕皮之前，将它们捉了来，放入罐头瓶子里，在夏日夜晚的灯下，大人们都睡熟的时候，悄无声息地看那个瓶中的小虫怎样静静地趴伏在光滑的玻璃上，开始它一生中最重要的蜕变。

这样的蜕变，常常是从它们的脊背开始的。那条长长的缝隙裂开的时候，我几乎能够感觉到它们的外壳与肌肉之间撕扯般的疼痛。

它们整个的肉身在壳中剧烈地颤抖、挣扎，但没有声息。我只听得见老式钟表在墙上发出"嘀嗒嘀嗒"的响声，蝉细细长长的腿扒着光滑的瓶壁，努力地，却又无济于事地向上攀爬。那条脊背上的缝隙越来越大，蝉犹如一个初生的婴儿，慢慢将新鲜柔嫩的肌肤裸露在寂静的夜里。

但我从来都等不及看它如何从透明的壳里，如一枚去了皮的动人柔软的荔枝脱颖而出。我总是趴在桌上迷迷糊糊地睡去，及至醒来，那只蝉早已通身变成了黑色，且有了能够飞上天空的翼翅。

因此，我只有想象那只蝉在微黄的灯下，是如何剥离青涩的壳，为了那个阳光下飞翔的梦想，奋力地挣扎、蠕动、撕扯。应该有分娩一样的阵痛，鲜明地牵引着每一根神经。

我还怀疑它们会有眼泪，也会有惧怕和犹疑，不知道蜕去这层壳，能否有想要的飞翔，是否会有明亮的歌声。我还曾经设想，如果某一只蝉像年少的我一样，总是害怕大人会发现自己想要离家出走的秘密，因此惶恐不安地在刚刚走出家门，便自动返了身，那它是否会永远待在漆黑的泥土里，一直到老？

但是这样的担忧永远都不会成真。每一只蝉都在地下历经十年的黑暗，爬出地面，攀至高大梧桐或者杨树上的第二天，为了不到三个月的飞翔之梦，便褪去旧衣衫一样，从容不迫地将束缚身体的外壳弃置在树干之上。

这样振翅翱翔的代价，如果蝉有思想，它们应该明白，其实称得上昂贵。但是每年的夏日，它们依然前仆后继，义无反顾，就像每一个不想长大的孩子，最终都会被时光催促着，从视线飘忽不定、局促慌乱，到神情淡定自如、从容不迫。而这样的成长，其中所遭遇的疼痛，留下的伤痕，外人永远都不能明白的苦楚，全都化作沙子，生生地嵌入贝壳的身体，而后经由岁月，化成璀璨的珍珠。

而今我90后的弟弟，历经着80后的我曾历经的一切惶惑与迷茫。他在一所不入流的职业技术学院，学一门连授课的老师都认为毕业后即会失业的技术。他从乡村进入城市，被周围衣着时尚的同学排斥，他的那些自己尚且找不到出路的80后老师，根本连他的名字都记不住。

他出门，被小偷尾随，抢去了手机。为了可以重新购买一个新的，他省吃俭用，从父母给的生活费里硬挤，却在一个月后，因过分节食而不幸病倒，在医院花去了几百元。他在南方那个没有暖气的宿舍里，向我哭诉城市的冷眼和孤单时，却未曾换来我的多少安慰，因为我也正在为工作和论文而烦躁焦灼。

其实我一直认定，他独自面对那些纷争和喧哗时，自能产生一种柔韧的力量，可以让他在外人的白眼、嘲讽与打击中，挣脱出来。就像一株柔弱的草，可以穿越冷硬的石块，甚至是坚不可摧的头骨。他或许会为了获得一份真情、一碗粥饭，而抛弃昔日宝贵的面子。

或许这样之后，他依然一无所获。但是这样的代价犹如蝉蜕，除非他一生都缩在黑暗的壳里，否则必须无情地遭遇。

　　我知道而今的他依然不能够原谅我的淡定。他一次次希望能够从我这里得到慰藉与帮助，可我却置之不理，且假装对他的疼痛毫无感触。

　　可是我也知道，当他从那所名不见经传的学院里毕业，在社会中几经碰壁，受尽冷遇，然后终于寻到一份适合自己的工作的时候，他会明白我昔日的种种淡定不过是为了让他在从校园到社会的这一程行走中，能够提前习惯这个俗世总不能如意的温度。

　　这样的习惯，便是疼痛的蝉蜕。成长的代价，永远都是免不掉的遍体鳞伤。

文/粉瑜

多年之后，时光会给我们宽容

是谁这么告诉过你：

答应我，忍住你的痛苦，不发一言，

穿过整座城市，远远地走来。

——海子

我在校园的食堂里，遇到了他们。

新生开学的时候，食堂里挤满了来送学生的家长。橱窗里的菜以不同的价格，或谦卑或高傲地摆放着，等人来买。就像那些在餐桌旁或惶恐或骄傲地坐着，等父母打饭来的学生。小炒的窗口旁早已被围得水泄不通，订单已经增至100多个。

中高价位的菜前，同样是人满为患。几乎每一个家长在这时都出手大方，长途跋涉这么久，慰劳一下孩子与自己，理所当然，所以低价位的菜前除了一些学生，倒是少见家长光顾。

我在高价菜的窗口前，看到一个面容憔悴苍老的男人。他挤在一群西装革履衣着光鲜的父母中间，一脸拘谨地看着一份份的菜价。他的视线在菜价表上来来回回地看了很久，最终他指指一份鸡腿，对服务生小声又坚定地说，要这份。服务生习惯性地在喧哗中高声问他一句：您要几个鸡腿？男人脸微微地有些红：只要一个。话音刚落，习惯了看菜给脸色的服务生，"啪"地就将一根瘦弱的鸡腿盛进盘中。

男人端着这一根鸡腿，又沉默迅疾地挤进另一个窗口。我买了一份牛肉黄瓜，在人群里寻觅着空的座位，终于在一个角落找到了位置。我的对面坐了一个小痞子似的男生，一身韩式打扮，戴着耳机，听的一定是 hip-hop，否则腿脚不会那么神经质地剧烈抖动，犹如得了抽风。

他的面前，满满当当的全是菜。一份排骨、两个鸡翅、三根羊肉串、一个汉堡，外加一杯牛奶、一瓶可乐。这个歪戴着帽子的小男生，像一个被宠坏了的孩子，将几个盘子铺排得满桌都是，差一点儿就将旁边一个衣着朴素、视线飘忽的小女生给挤得没有了位置。

女孩却似乎对于他的霸道毫不介意，只将眼神投向窗口拥挤的人群里。看她与大学校园不匹配的衣饰和略略拘谨无措的表情，我便知道，这定是一个刚刚来大学报到的新生。

片刻后，那个买鸡腿的男人朝这边走过来。当他端着一份土豆丝、一份豆芽坐在我身边，并将鸡腿放在女孩手边的时候，我这才知道，原来他们是一对父女。对面的小男生依然在津津有味地品着一根羊肉串，嘴里发出有节奏的声响，似乎美食在他也是一种音乐的享受。

身边的男人一直都没有话，只慢慢啃着一个馒头，夹少量的菜吃。有时候，他会将一口馒头掰下来，放到菜汁里蘸一蘸，而后很香地嚼着。那根鸡腿，女孩一直没有吃。男人终于开了口：凉了就不好了，赶紧吃吧。

女孩就在这时突然站起身，朝人群里走去。几分钟之后，她端来了一大杯扎啤，羞涩地放到男人的手边，说，爸，喝吧。说完了，又将那根鸡腿，用手认真地撕成一小片一小片的，并把其中的一半放到男人的面前。

男人在女孩温暖的动作里，端起酒杯，一口喝掉一半。他黑瘦的脸上，因了这喝下去的酒，即刻有了一抹慈爱的红光，亮堂堂的，将女孩环绕住。

我对面的小男生将营养与质量皆大于这对父女午餐的东西，津津有味地全部消灭干净的时候，女孩细细拆开的那根鸡腿还在盘中，剩了一半。小男生推开碗盘，吹着口哨，趿拉着拖鞋，走进餐厅外的阳光里。而我，不知为何，瞥见那一堆横七竖八的骨头，心里却浮起些微的忧伤。

我端起碗盘，起身要走的时候，看到女孩细心地拿出一小片纸，将男人滴落在衣服上的一滴菜汁擦去。男人微微笑着，说：不碍事，你把那几片鸡肉快吃了吧。女孩这次很温顺地轻轻"嗯"一声，夹起鸡肉，很香很香地嚼着。而男人，也端起酒杯，红光满面地将最后一口酒全都倒入肚中。

走出餐厅的时候，我又回过头，看他们最后一眼。这一次，我瞥见，原来餐厅里有许多对这样的父女、父子，或者母女、母子。他们与许多年前的我与父亲一样，来自偏远而贫瘠的山村，在火车刚刚驶入北京的时候，便开始慌乱，手足无措，并有微微的胆怯与自卑。

我无法准确地预测这些来自乡村的孩子的未来，但我却知道，时光终会宽容地将他们拉上列车，与一批又一批的城市孩子一起，去更远的地方，看更开阔的风景。

就像许多年前，我与那个女孩一样，为畏怯的父亲在食堂里打了一杯自己都不知滋味的可乐的时候，怎么也不会想到，而今的我，站在人群之中，可以有如此明朗澄澈的笑容。

文/忆君

图书在版编目（CIP）数据

不忘初心，方得始终 / 好读 主编． —— 北京：作家
出版社，2016.7

　ISBN 978-7-5063-9085-9

　Ⅰ．①不… Ⅱ．①好… Ⅲ．①散文集－中国－当代
Ⅳ．① I267

中国版本图书馆 CIP 数据核字（2016）第 187984 号

不忘初心，方得始终

主　　编：好　读
责任编辑：丁文梅
装帧设计：　▲ 金牌設計室
　　　　　　　　DO DESIGN STUDIO
出 品 方：北京中作华文数字传媒股份有限公司
出版发行：作家出版社
社　　址：北京农展馆南里 10 号　　　　　邮　　编：100125
电话传真：86-10-65930756（出版发行部）
　　　　　 86-10-65004079（总编室）
　　　　　 86-10-65015116（邮购部）
E-mail: zuojia@zuojia.net.cn
http://www.haozuojia.com（作家在线）
印　　刷：中煤（北京）印务有限公司
成品尺寸：145×210
字　　数：150 千
印　　张：8.5
版　　次：2016 年 9 月第 1 版
印　　次：2016 年 9 月第 1 次印刷
ISBN　978-7-5063-9085-9
定　　价：36.00 元

作家版图书，版权所有，侵犯必究。
作家版图书，印装错误可随时退换。